LLORIS

Basé sur le concept de la série initialement créée par Matt et Tom Oldfield,
et publiée par Dino Books, un label de Bonnier Books UK.

22, rue Huyghens, 75014 Paris
www.albin-michel.fr

SUR UNE IDÉE ORIGINALE DE MATT ET TOM OLDFIELD

LES SUPERSTARS DU FOOT

LLORIS

Texte de Jean-Michel Billioud

ALBIN MICHEL JEUNESSE

LES SUPERSTARS DU FOOT

Matt Oldfield est un écrivain confirmé,
ainsi que le rédacteur en chef du site de critique littéraire
sur le thème du football *Of Pitch & Page.*
Tom Oldfield est un journaliste sportif indépendant,
et l'auteur de biographies de Cristiano Ronaldo,
Arsène Wenger et Rafael Nadal.

Illustration de la couverture réalisée par Alain Siauve.

Chapitre 1

NUMÉRO 1 DES NUMÉROS 1

Moscou, 15 juillet 2018.

Interdit de perdre ce match ! pense Hugo Lloris en passant à côté du plus beau trophée du monde.

Il n'est plus qu'à quatre-vingt-dix minutes de son rêve d'enfant, celui de tous les apprentis footballeurs de la planète : gagner la finale de la Coupe du monde ! Hugo vient de fouler, en premier, la pelouse du stade Loujniki à la tête de l'équipe de France. À côté des Bleus, les joueurs de la Croatie sont menés par Luka Modrić, la star du grand Real Madrid.

Si tout se passe bien, le gardien français, vêtu de jaune, brandira en premier le trophée en or… Privilège du capitaine ! Tous les amateurs de football savent que les Français sont favoris, mais Hugo et ses coéquipiers détestent cette situation. Ils l'ont payé assez cher contre le Portugal en finale de l'Euro 2016 et préfèrent donc, de très loin, la position d'outsiders, comme en 1998 face au Brésil.

Hugo est déterminé à gagner mais il est incroyablement calme, comme toujours. Rien à voir avec le volcanique Lucas Hernandez, à cran en permanence. Pour se rassurer, le défenseur de l'Atlético pose des questions en rafale à son capitaine.

– C'est quoi ton secret pour être aussi zen ? Moi, j'ai envie de tout casser.

– C'est ma nature, j'ai toujours été tranquille, répond Hugo en souriant. Et puis tu sais, j'ai l'habitude, c'est quand même ma troisième Coupe du monde.

Tranquille, cela ne veut pas dire mollasson ou sans personnalité. Il est le chef incontesté des Bleus avec Didier Deschamps. Après *La Marseillaise*, Hugo motive ses partenaires avant qu'ils ne rejoignent leurs places sur le terrain. Il a des mots pour chacun :

– Allez Sam, montre-nous ta puissance ; Grizou, envoie du rêve et Kylian, lâche-toi !

Échange des fanions entre les deux capitaines, tirage

au sort, et la finale commence. Le début du match est à l'avantage des Croates, mais Hugo n'est pas beaucoup sollicité. Sa défense est vigilante et Kylian fait même un superbe geste défensif dans la surface de réparation pour éteindre une occasion adverse. Hugo aime cette solidarité entre les défenseurs et les attaquants.

– Bien joué, Kylian ! On continue comme ça. Vigilants en défense. Mais n'oublie pas d'attaquer quand même ! Il faut marquer !

Les désirs d'Hugo sont des ordres. À la 17e minute, Antoine Griezmann est bousculé à une dizaine de mètres de la surface de réparation adverse. Coup franc excentré, le 7 bleu frappe le ballon au milieu d'une grappe de joueurs qui se chamaillent vers le point de pénalty. Le ballon rebondit sur la tête de Mario Mandžukić et file au fond des filets croates. Le Croate est le premier joueur à inscrire un but contre son camp en finale de la Coupe du monde… Merci pour le cadeau ! Les Bleus prennent l'avantage sans avoir encore tiré au but !

À 100 mètres de l'action, Hugo n'a pas bien compris qui a marqué mais il lève le poing au ciel et se tourne vers sa famille installée dans les tribunes. Il se calme dans la seconde qui suit et reprend son rôle de capitaine.

– On ne s'enflamme pas, rien n'est fait. Il reste beaucoup de temps.

Il a raison. Les Croates ne sont pas du genre à abdiquer. Ils veulent revenir très vite dans le match et multiplient les attaques : têtes, reprises de volée, les occasions sont de plus en plus franches. Hugo est obligé de dégager un premier ballon dangereux des deux poings. La menace approche. Tout part d'un coup franc concédé par N'Golo Kanté sur Ivan Perišić, aux 30 mètres, plein axe. Avec sa patte droite magique, Modrić dépose le ballon à droite de la surface française.

– Dégagez-moi ça ! hurle Hugo à ses défenseurs.

Mais c'est plus facile à dire qu'à faire. Les Croates sont beaucoup plus vifs que les Bleus. Le ballon passe de tête en tête avant d'être remis en retrait par Vida vers Ivan Perišić. Le joueur de l'Inter Milan contrôle, crochète Kanté à l'entrée de la surface de réparation et arme sa frappe. Le pauvre N'Golo est en retard. Il ne se sentait pas très bien avant le coup d'envoi et cela se voit sur le terrain. En temps normal, personne ne se débarrasse de lui aussi facilement, c'est mauvais signe. Hugo a compris tout de suite le danger, cela va à cent à l'heure dans sa tête.

Il faut que je reste au milieu de mes buts.

Le Croate amène le ballon sur son pied gauche, son pied fort.

– Bougez-vous les gars, crie Hugo à Benjamin Pavard et Raphaël Varane. Je ne vois rien du tout.

Trop tard ! Perišić a frappé de toutes ses forces. Le ballon est parti comme un obus.

Je vais le sortir, se dit Hugo. *Je dois le sortir.*

Il se détend sur sa gauche le plus vite possible pour tenter l'exploit. Il tend au maximum les bras, les doigts… mais c'est mission impossible. La frappe est limpide, imparable. Manque de chance pour Hugo, le ballon est légèrement dévié par Raphaël. Impossible de le repousser malgré sa parade désespérée. Il fait trembler les filets tricolores… Tout est à refaire ! Les Croates sont récompensés de leur bonne entame.

– On s'est fait avoir comme des gamins ! râle Hugo en dégageant le ballon.

Les Bleus doivent rebondir après cette égalisation. Ils ont encore un coup de pouce du destin. Dix minutes après le but croate, les Français obtiennent un corner, Grizou s'en charge. Son ballon est disputé dans la surface par Blaise Matuidi et Perišić qui sautent en même temps sans pouvoir contrôler le ballon. L'action est confuse. Le tout nouveau héros croate semble l'avoir touché de la main, mais personne ne peut l'affirmer. Les Bleus se précipitent vers Néstor Pitana, l'arbitre du match, pour réclamer un pénalty. Ce n'est pas évident, l'Argentin prend son temps avant de faire appel à la VAR (Video Assistant Referee : assistance vidéo à l'arbitrage).

– Tu as vraiment vu quelque chose, Antoine ? demande Olivier Giroud.

– Rien du tout… mais on ne sait jamais, répond Grizou. Ce serait pas mal un petit pénalty, non ?

Jackpot ! Après avoir visionné le ralenti, l'arbitre désigne le point blanc. L'arbitrage vidéo est favorable aux Bleus ! Les Croates sont dépités. Maintenant, il faut marquer et résister à la pression. Griezmann est l'homme de la situation. Il a déjà brillé dans cet exercice en ouvrant le score en phase de poules face à l'Australie, puis contre l'Argentine en 8es de finale.

Hugo lui fait entièrement confiance. Il a été très clair

à ce sujet avec les journalistes qui l'interviewaient avant la finale.

– Les pénaltys les plus importants de ces dernières années, il les a marqués. Et les prochains, il les mettra aussi. Croyez-moi sur parole.

Celui-là est particulièrement crucial.

– On compte sur toi, Antoine, lui glisse Paul Pogba en lui donnant le ballon.

Le silence s'empare des tribunes bleues. Pas un geste, pas un cri, pas un mouvement de drapeau. Prendre l'avantage serait capital juste avant la mi-temps. Antoine est si sûr de lui qu'il indique à Subašić, d'un geste de la tête, qu'il va tirer sur sa gauche. Est-il sérieux ? Bluffe-t-il ? Une chose est sûre, le portier croate est perturbé. Il part du côté indiqué par le Français et Grizou n'a plus qu'à faire un plat du pied tranquille de l'autre côté. Contre-pied parfait !

Les fans, qui ont retenu leur souffle avant de voir les filets trembler, se lâchent :

Buuuuuuuuuuuuuuuuuuuuuuuuuuuuuuuuut !

Tous les Bleus viennent embrasser Antoine pour le féliciter. Les Français sont repassés devant au bon moment. Mais pour combien de temps ? Les Croates rêvent d'égaliser avant la mi-temps. Il ne leur reste qu'une poignée de secondes. Perišić centre dans la surface des Bleus et Rebić reprend au point de pénalty… Ouf ! son tir est contré.

– Je ne veux plus toucher le ballon avant la mi-temps, hurle Hugo. Vous m'entendez ?

L'arbitre siffle la fin de la première période. Les Bleus mènent au score après avoir été malmenés, ils doivent faire mieux pour espérer soulever le trophée.

Hugo a compris le danger. Dès le retour aux vestiaires, il demande le silence car il a des choses à dire. Même Pogba, le plus grand bavard de l'équipe, a compris qu'il devait laisser la parole à son capitaine.

– On arrête de se cacher ! On doit être prêts à mourir sur le terrain ce soir…

C'est lui le boss de l'équipe de France.

– Ces Croates, on les respecte tous, mais on va gagner cette finale. On a 65 millions de Français derrière nous et on forme une équipe. Tous ! Ceux qui jouent et ceux qui ne jouent pas.

L'esprit d'équipe. C'est bien ce qui caractérise le mieux ces Bleus 2018. Ils sont tous unis vers le même objectif, du défenseur Adil Rami qui n'a pas joué une minute à la star Antoine Griezmann ou à la révélation Kylian Mbappé.

– Hugo a raison, rien n'est fait, ajoute Didier Deschamps. Il faut monter d'un cran au niveau de l'intensité ! Je connais bien les Croates, je les ai éliminés, par miracle, en demi-finale de la Coupe du monde 98, grâce aux deux buts de Lilian Thuram. Ils vont revenir avec le couteau entre les dents. Soyez plus agressifs.

Il a vu juste. Trois minutes seulement après la reprise, Rebić frappe à l'entrée gauche de la surface. Hugo détourne le ballon du bout des gants en corner.

C'était limite..., pense le gardien de l'équipe de France.

Les Bleus doivent réagir. Rapidement, Kylian file sur la droite et passe en retrait à Grizou, ils s'entendent bien ces deux-là. D'un coup d'œil, Antoine voit Paul, totalement libre à l'entrée de la surface, et lui fait la passe. La star de Manchester United tire une première fois. Il est contré mais le ballon lui revient dessus. Deuxième chance… Bingo ! Sa frappe sur la droite du gardien est imparable. Dixième but en soixante sélections pour Paul Pogba !

Quel soulagement de prendre le large au score…

– Maintenant on ne lâche plus rien, crie Hugo dans ses cages.

Les Bleus vont faire mieux encore. Lucas Hernandez se débarrasse de deux Croates, le long de la ligne, sur le côté gauche. Il ose des passements de jambes à la Zizou avant de se calmer un peu. Il est défenseur et il sait qu'il y a des génies en attaque chez les Bleus. Justement, Kylian est seul à 25 mètres des buts, plein axe. Lucas lui fait la passe parfaite. Deux contrôles pour amener le ballon sur son pied droit et la petite pépite du football français décoche sa frappe. Un boulet qui vient se loger dans le petit filet de Subašić après un rebond.

– Wahou, Kylian ! La patate ! hurle Lucas en se jetant dans ses bras.

On est à la 66e minute. Avec trois buts d'avance, la finale est gagnée… ou presque !

Il suffit de stabiliser le jeu maintenant, et les Bleus le font très bien. Hugo est tranquille, le ballon est loin de ses buts. Les Français obtiennent même un bon coup franc. Paul s'en charge mais Olivier Giroud ne parvient pas à contrôler la balle. Il est dégagé à l'arrache par les défenseurs croates. Rien de grave, les Français le récupèrent et décident de construire en repartant de la défense. Lucas passe à Samuel Umtiti qui remet le ballon tranquillement à Hugo. C'est un bon choix, le capitaine des Bleus est zen. Mario Mandžukić vient le presser mais Hugo a un peu de temps, quelques mètres d'avance, quelques secondes d'avance. Le plus simple est de dégager, de se débarrasser de ce ballon brûlant. Mais non, il décide de le contrôler. Vite, il faut le passer maintenant. Il y a des possibilités : Samuel s'est décalé sur la gauche pour lui offrir une relance facile. Mais Hugo a une autre idée en tête…

Je vais le dribbler et relancer dans la foulée.

C'est la mauvaise intuition au mauvais moment, Hugo rate complètement son crochet vers la gauche. Non seulement son dribble est complètement loupé mais, en le contrant, Mandžukić marque sans véritablement faire exprès… Quelle boulette ! Le gardien français se prend la tête entre les gants, il s'en veut tellement. Un but gag en finale de la Coupe du monde ! Et si la France perdait ce match qui lui tend les bras ? Et si Hugo était le chat noir ? L'image de Cristiano brandissant le trophée du championnat d'Europe 2016 traverse de nouveau son esprit, il doit se ressaisir.

Pendant ce temps, le buteur s'est dépêché de rapporter le ballon vers le rond central. En une fraction de seconde, l'équipe et les spectateurs croates ont repris espoir. Ils ont encore 20 minutes pour renverser les Bleus. Et, en 1 200 secondes, tout peut arriver.

Ce n'est pas le moment de craquer, Didier Deschamps comprend qu'il doit intervenir tout de suite.

– Ce n'est pas grave, Hugo. On a encore deux buts d'avance. Tranquille les gars, tranquille... Dans moins d'un quart d'heure, vous êtes champions du monde !

Il a crié bien fort pour que tous les Bleus l'entendent... et, aussi, pour toucher le moral des Croates !

Il a raison. Si Hugo encaisse un autre but, cela commencerait à être très dangereux, surtout face à des Croates au mental d'acier. Il faut reprendre confiance. Sur son premier ballon en retrait, il dégage le plus loin possible au pied sans se poser de question. La deuxième intervention est encore plus facile, il peut s'emparer du ballon sans véritable menace croate. La chance revient. Les joueurs au maillot à damier rouge et blanc tirent deux fois sans atteindre les cages d'Hugo. Et le reste du temps, Samuel, Lucas, Benjamin et Raphaël bloquent toutes les attaques. Ouf ! Hugo a le temps de reprendre ses esprits. Après quelques secondes de flottement, il a repris le dessus. Il ne reste que dix minutes avant la délivrance. Les Croates obtiennent un dernier coup franc après une petite faute de Paul sur le côté gauche. Le ballon vole, prend la direction des buts, mais il arrive directement dans les mains d'Hugo !

– Bien joué, crie Raphaël. Dégage le plus loin possible maintenant !

Hugo ne se fait pas prier pour dégager d'un coup de pied de mammouth. Le problème, c'est que le ballon revient toujours dans le camp des Bleus… Cela devient compliqué avec des Croates en feu. On approche de la fin du temps réglementaire. Le milieu de terrain Rakitić trouve une faille sur l'aile gauche. Il avance et centre vers Mandžukić qui attend le ballon au cœur de la surface française. Il ne le réceptionnera jamais. Hugo s'est envolé pour le capter à 2 mètres de haut… Superman est de retour ! Le patron a remis les pendules à l'heure.

La victoire est proche ! Non… 5 minutes de temps additionnel sont annoncées !

– Mais ça ne finira jamais ? dit Hugo à Raphaël.

– Ne t'inquiète pas, les Croates ont l'air cuits.

Effectivement, les Croates commencent à faiblir, ils ont tout donné. Hugo dégage un dernier ballon et l'arbitre siffle la fin du match. La clameur des tribunes des supporters français envahit le stade ! Et tout le banc français s'est élancé en même temps sur la pelouse !

– Champioooooons du monde ! crie Lucas en courant embrasser ses coéquipiers.

Les Bleus commencent à danser, à chanter, à rire au centre du terrain. Après quelques minutes de joie incontrôlable, Hugo leur demande d'aller remercier les supporters bleus, d'aller partager leur bonheur avec eux.

– Ils l'ont bien mérité ! Moscou, c'est loin de la France ! Eux aussi, ils l'ont gagnée, cette belle Coupe.

Vingt ans après sa première étoile, l'équipe de France remporte son deuxième trophée mondial. Hugo peut être fier. Il vit le plus beau moment de sa carrière, son premier grand titre est aussi le plus convoité ! Celui dont rêvent tous les footballeurs… Messi, Cruyff ou Platini, trois dieux du ballon rond, n'ont jamais eu cette chance et cet honneur. Alors, Hugo l'apprécie à sa juste valeur !

Dans les dernières secondes du match, il a pensé aux personnes importantes de sa vie, toutes celles et tous ceux qui l'ont aidé à arriver au sommet. Aujourd'hui, il soulève le trophée devant sa grand-mère, son père, son frère, sa sœur, sa femme et ses deux filles venus l'encourager à Moscou. Il sait aussi qu'il y a des dizaines de millions de Français heureux derrière leur télévision.

Mission accomplie, capitaine Hugo !

Chapitre 2

UNE FAMILLE EN OR

Nice, été 1994.

– *Robin des Bois ?* Encore ?! Mais, Hugo, on l'a déjà vu 10 fois…

– Et alors ? C'est toujours aussi bien, non ?

– Tu as raison, pourquoi s'en priver !

Nombreux sont les enfants de 6 ans qui passent un peu trop de temps devant les écrans. Mais ils sont beaucoup plus rares ceux qui se passionnent pour les vieux films américains, en noir et blanc. Et pourtant, Hugo se régale en regardant des films hollywoodiens des années 1950 avec son grand-père. Le garçon connaît mieux James Stewart, un des acteurs fétiches d'Alfred Hitchcock, que Gérard Depardieu ! Et il adore les films d'aventures avec

Errol Flynn, comme *Capitaine Blood* et, bien sûr, *Robin des Bois*, son héros préféré.

Hugo passe beaucoup de temps avec son grand-père car ses parents sont très pris par leur travail. Luc Lloris est l'un des dirigeants d'une importante banque de Monaco et sa femme, Christine, est une avocate internationale. Pour eux, le travail, c'est sacré ! La mère d'Hugo a même emporté ses dossiers à la clinique la veille de ses accouchements, pour la naissance de ses deux enfants (Sabrina puis Hugo).

C'est comme cela qu'ils ont réussi à acheter leur belle maison sur les hauteurs de Nice. C'est grâce à leur travail que cette famille de réfugiés venus de Catalogne a obtenu un niveau de vie très confortable. Mais pour les Lloris, l'argent n'est pas une obsession. Christine le répète souvent à ses enfants :

– Ce n'est rien par rapport à des valeurs comme le respect des autres, le goût du travail, l'humanité.

Hugo et sa grande sœur l'écoutent toujours avec attention.

– Papa et moi, nous pensons que le plus important, c'est de donner le maximum. On ne vous demandera jamais de faire des études ou un métier qui ne vous plaît pas. Et on vous soutiendra toujours dans vos choix.

Il n'y a pas que le travail dans la vie des Lloris. Les valeurs du sport sont aussi très appréciées. Quand il ne regarde pas des vieux films avec son grand-père, Hugo est vêtu le plus souvent d'un short et d'un polo ornés d'un beau crocodile. Le tennis est le sport roi dans la famille et tout le monde est inscrit au club des Combes, dans l'arrière-pays niçois. Même Sabrina, qui n'aime pourtant pas trop courir après la balle jaune. Hugo a tenu sa première raquette dès qu'il a commencé à marcher… ou peut-être même avant. Il adore ce sport et il est très doué sur le court.

Quand il fait des matchs avec son copain Arthur, il commence toujours par :

– Moi, je suis Pete Sampras, et toi ?

– Stefan Edberg… le meilleur volleyeur du monde, répond Arthur.

– Dommage pour toi, tu as déjà perdu… Je suis le numéro 1 mondial !

L'Américain a pris le pouvoir depuis quelques mois. Et comme lui, Hugo gagne de plus en plus souvent. Pendant plusieurs années, il rêve de marcher sur les pas de

Pete Sampras, qu'il va voir parfois avec son papa au tournoi de Monte-Carlo. Mais très vite, Hugo commence à être obsédé par un autre sport... Il fait de plus en plus d'infidélités à la petite balle jaune pour le cuir du ballon rond. Entre les matchs, les tournois et les entraînements de tennis, il entraîne ses copains vers la grande pelouse derrière le parking du club pour jouer au foot. Deux pulls jetés dans l'herbe en guise de buts, et c'est parti pour des heures de bonheur !

Enfin, d'abord, il faut faire les équipes.

– Je joue dans les buts ! annonce toujours Hugo avec autorité.

– Oui, on sait, on sait, répondent ses copains en râlant.

C'est toujours pareil, Hugo adore jouer goal volant.

– Mais pas dans les deux buts ? dit Arthur pour se moquer de son copain.

– Vu votre niveau, ce ne serait pas très difficile...

Hugo est un peu fanfaron, mais comment le lui reprocher ? Il est très doué pour un enfant de son âge. Il plonge comme un fou dans les pieds de ses copains, il vole sur ballons hauts et ne se fait jamais mal en retombant. Un vrai petit cascadeur. Et quelle mentalité de gagnant ! Même à trois contre trois, il joue chaque match comme si c'était la finale de la Coupe du monde.

– Hé, doucement Hugo ! Calme-toi un peu, râle Arthur.

– Oh, ça va…

– Non, ça ne va pas. Pas la peine de sortir comme un dingue !

– N'aie pas peur, je ne vais pas me faire mal.

– Je m'en fiche de toi, mais j'ai pas envie que tu me blesses.

La lumière du jour commence à baisser. Hugo se rend compte que Luc le regarde, derrière la vitre du snack du club.

– Ah, il y a mon père qui vient me chercher…

– Mais ça fait une heure qu'il nous regarde, dit Arthur. Tu ne l'avais pas vu ?

– Non, moi, quand je joue au foot, je joue au foot…

– Oui, ou plutôt au rugby, dit Arthur en lui montrant son genou en sang.

Quelques instants plus tard, Luc se rapproche du terrain en faisant un petit geste sympa de la main à la petite bande. Il est temps d'aller au parking pour rentrer à la maison.

– Mais papa, tu aurais dû me dire que tu m'attendais…

– Ne t'inquiète pas, j'aime bien te regarder jouer, répond Luc. Même si j'ai toujours un peu peur que tu te blesses…

– Aucun danger, je suis encore plus élastique que le cordon qui tient mon short, dit Hugo en riant.

– On ne sait jamais. En tout cas, ne prends pas froid, répond Luc en lui donnant son haut de survêtement. Tu joues contre un classé demain au tournoi de Menton.

– Pas de problème, je vais gagner 6-0, 6-0, répond Hugo.

Luc est toujours impressionné par la détermination de son fils.

Il doit tenir cela de sa maman, pense-t-il en prenant le volant de sa grosse berline.

– Il ne faut pas arriver en retard pour le dîner, je crois qu'il y a des pâtes au pistou ce soir.

– Des pâtes au pistou ? J'adore, fonce papa !

Chapitre 3

PASSION FOOT

– Allez, papi, tire dans les coins ! Sinon, tu ne marqueras jamais.

– Je n'aime pas te voir plonger sur le béton, Hugo, tu vas te faire mal aux coudes.

– Ne t'inquiète pas, j'ai mis trois sweats les uns sur les autres.

– Ah, c'est pour cela que je te trouvais un peu plus gros que d'habitude, répond son grand-père en riant.

– Allez, encore, plus fort...

Hugo adore jouer au foot avec son grand-père quand il vient le garder. Il a demandé la permission à son papa de tracer une grande cage à la craie sur le mur du garage. Et les séances de tirs au but durent des heures.

– Stop, Hugo, on arrête, souffle son papi. J'en peux plus, moi. J'ai pris ma retraite il y a dix ans et toi tu me fais travailler toute la journée !

– Allez, encore dix pénos…

– Non, coup de sifflet final. Va prendre une douche et rejoins-moi dans la cuisine. Il faut préparer les sandwichs pour ce soir.

Hugo a la chance d'avoir un grand-père footballeur ET cuisinier qui adore lui apprendre ses petits secrets.

– Aujourd'hui, je vais t'apprendre à faire un pain bagnat niçois. Le vrai, hein, pas les imitations.

Le réfrigérateur est toujours plein chez les Lloris. Alors, ce n'est pas difficile de trouver les bons ingrédients pour préparer ces petites merveilles.

– Je m'occupe du pain rond, des tomates, des poivrons, du thon et de l'anchois, explique le grand chef.

– Et moi, je te regarde sans rien faire ? répond Hugo un peu déçu.

– Toi, tu gères les œufs durs. Tu te souviens comment on fait ?

– Ben oui, je connais la règle des 3-6-9 : 3 minutes

de cuisson pour l'œuf à la coque, 6 pour l'œuf mollet et 9 pour l'œuf dur !

– Bravo, Hugo. Tu m'épates toujours. Tu retiens tout, en fait !

– Non, uniquement les choses importantes. Et les pains bagnats, les vrais, hein, ajoute-t-il en clignant de l'œil… c'est très très important !

Un quart d'heure plus tard, les deux pains bagnats sont bien rangés dans le sac.

– Tu prends les écharpes, je remplis une gourde d'eau et on y va !

Ce soir, ils ont leur rendez-vous mensuel au stade du Ray, l'enceinte de l'OGC Nice (Olympique Gymnaste Club). Le club est en deuxième division et l'ambiance est incroyable dans les tribunes du « Gym ». Entre Hugo et son grand-père, on ne sait pas qui aime le plus ce moment privilégié. Hugo adore grimper à toute vitesse dans les gradins et choisir la meilleure place pour voir l'entrée des joueurs en rouge et noir. Son chouchou a un maillot différent car il est gardien de but. C'est Lionel Letizi, l'immense portier formé au club.

– Il va être appelé en équipe de France, c'est sûr, lance Hugo après une parade incroyable de son chouchou.

– Doucement, petit… Il n'a que 20 ans. Tu sais, un gardien est bien meilleur quand il s'approche de la trentaine.

– Je suis déjà très bon, moi, pourtant, dit Hugo en souriant. D'ailleurs, tu pourras m'entraîner demain ? Je voudrais apprendre à dégager des deux poings comme Lionel.

– Tu devrais t'inscrire dans un club au lieu de jouer avec un ancêtre comme moi.

– J'adorerais, mais papa ne voudra jamais. Tu sais bien qu'il ne jure que par le tennis.

Hugo a raison. Son père préfère de très loin les valeurs de ce sport qu'il juge plus élégant et formateur que le football.

– Laisse-moi lui parler et après tu lui demanderas.

– Tu peux faire ça, papi ? Ce serait trop cool, je compte sur toi !

– Je t'ai déjà déçu, Hugo ?

– Jamais, et j'espère bien que cela va continuer.

Cela va continuer.

Le lendemain, Hugo voit son grand-père s'approcher de son père.

– Il faut que je te parle du gamin.

– Bien sûr, je t'écoute.

En réalité, Luc sait très bien ce qu'il va lui dire. Il connaît la relation fusionnelle entre son père et son fils. Quand il rentre de sa banque monégasque, même quand il fait nuit, il les retrouve presque toujours en train de jouer au foot dans le jardin. Il se souvient aussi de sa propre enfance. Il s'entraînait pendant des heures au tennis contre le mur, dans la résidence de ses parents. La passion du sport, il l'avait en lui, lui aussi. Et cela ne l'a pas empêché de poursuivre de très bonnes études et d'avoir un job qui le comble. Il ne va pas empêcher son fils de s'épanouir.

Le soir même, il va dans la chambre d'Hugo pour discuter tranquillement :

– Alors, cela ne te plaît plus, le tennis ?

– Mais si, papa, j'adore. J'ai envie de continuer. J'aimerais simplement faire aussi du foot dans un club.

– Je suis d'accord, Hugo, mais à une condition. On passe un contrat tous les deux. Si tes résultats scolaires baissent, on arrête tout de suite. Sinon, tu continues tant que tu veux et je serai ton premier supporter !

Hugo mesure très bien l'importance de l'école. Ses parents le lui ont répété tellement souvent. Comme toujours, il écoute Luc en le fixant de ses grands yeux noirs en amande. De quoi faire craquer n'importe qui, et surtout son père !

– C'est promis, juré.

– L'année prochaine, tu entres en CM2, ça devient plus sérieux. Mais je te fais confiance, Hugo. Maintenant, il faut simplement que tu trouves un club.

– C'est déjà fait, répond le petit garçon dans un demi-sourire. J'ai rendez-vous la semaine prochaine avec papi au club de Cimiez. Il est d'accord pour m'accompagner et pour faire l'inscription.

– Ah OK… c'était déjà réglé avant mon accord, si je comprends bien. Vous avez bien préparé votre coup tous les deux. Chapeau les artistes, belle négociation. Mais maintenant, il faut dormir, champion.

Chapitre 4

LES PREMIERS PAS

La semaine d'après, Hugo rejoint en bus le terrain d'entraînement du Centre d'action culturelle de Cimiez que tout le monde appelle le CEDAC. Un tout petit club d'un quartier de Nice. Il est venu seul et cela ne lui pose aucun problème. Pour faire la meilleure impression, il est allé acheter une tenue complète de gardien de but avec son grand-père. Il a tout ce qu'il faut : genouillères, coudières, gants, etc. Hugo aimerait ressembler à Bernard Lama, le nouveau gardien de l'équipe de France. Celui qui est surnommé « le Chat » pour son agilité hors du commun. Mais le petit garçon sait très bien que la tenue n'a jamais donné de talent à personne. Il va falloir convaincre sur le terrain maintenant. À tout juste 9 ans, Hugo n'est pas du genre à se démonter. Il s'avance sans trembler vers l'entraîneur adjoint du club.

– Bonjour, je m'appelle Hugo Lloris et j'aimerais jouer dans le but.

– Oui, je vois cela, mon garçon, répond-il en riant à la vue de la tenue du nouvel arrivant. On va d'abord regarder ce que tu sais faire. Mets-toi dans les cages, je vais te tester.

Il ne lui faut pas longtemps pour comprendre que ce petit est un phénomène. Plongeon à gauche, à droite, arrêt réflexe, parade, il a déjà de sacrées qualités et, surtout, une sorte d'assurance incroyable pour son âge.

– Bon, ça suffit. Attends-moi une seconde, lance soudain l'entraîneur adjoint. Je reviens.

Bizarre, cet arrêt en plein test.

L'explication est simple, le coach adjoint a filé vers les bureaux du club pour aller chercher le vrai patron du sportif, Régis Bruneton. C'est une personnalité dans ce petit club amateur car il a joué plus de 200 matchs pro avec l'OGC Nice, l'OM et le Toulouse Football Club.

– Régis, viens voir. Tu sais, le petit Lloris dont on nous avait parlé… Il est là…

– Et alors ?

– Et alors ? Il est encore meilleur que tout ce que l'on nous a dit. Il est fort, très fort.

Régis veut en avoir le cœur net. On lui a déjà fait mille fois le coup de la pépite incroyable ! Il s'approche du terrain pour se rendre compte par lui-même. Une poignée de minutes suffisent pour le convaincre. Ce gamin n'est pas comme les autres !

Le grand-père d'Hugo a la bonne idée d'arriver pile à ce moment-là.

– Alors, qu'est-ce que vous en pensez ? Pas mal le petit, non ?

– Mieux que « pas mal », monsieur Lloris. Si vous êtes d'accord, on lui prépare sa licence et il commence avec l'équipe des débutants dès dimanche prochain.

– Parfait. Tu es heureux, Hugo ?

– Mais non, je ne suis pas débutant, moi ! rouspète le gardien miniature.

– Tu en as pourtant l'âge, répond Régis. « Débutant », c'est une catégorie. Et il ajoute en riant : Mais ne t'inquiète pas, cela devrait changer chaque année.

Ça y est, Hugo est apprenti footballeur. En quelques

semaines, il se fait une place de choix dans l'équipe. Il gagne la confiance de ses coéquipiers et surtout de son coach, ce qui est le plus important. Il est vif, peut changer de direction en un éclair de seconde, fait des sorties à vitesse grand « V » dans les pieds des adversaires. Est-ce les réflexes acquis au tennis ? C'est possible. Mais c'est surtout son courage qui est incroyable. Peu importe le terrain, pelouse grasse ou stabilisé râpeux, il plonge sans se préoccuper de ses coudes éraflés. C'est un casse-cou, il prend des risques et fait le ménage dans les duels aériens. Sa soif de gagner est exceptionnelle, voire dans l'excès parfois. Un jour, il s'ouvre l'arcade sourcilière en se cognant la tête contre un poteau. Le sang inonde son visage.

– Je m'en fiche, tu n'as pas marqué ! lance-t-il à l'attaquant adverse en sortant sur sa civière.

Ce garçon qui semble réservé en dehors du terrain a un caractère de feu. Un peu trop quelquefois. Il n'hésite pas à hurler contre ses propres défenseurs dès ses premiers matchs.

– Replacez-vous ! C'est n'importe quoi... Polo, ne relance pas en plein milieu, ce n'est pas possible ça...

– Calme-toi Hugo, c'est encore moi l'entraîneur, je te rappelle, crie Régis Bruneton sur son banc.

Mais il est comme ça, Hugo. Sous son apparence de garçon bien élevé, il a l'âme d'un chef. Et un chef, même à son âge, ça commande !

Lors de la deuxième saison, le gardien du CEDAC fait un match exceptionnel contre les jeunes de l'OGC Nice, le grand club du coin. Grâce à ses parades, le Petit Poucet réussit même à faire match nul, 1-1. Le talent d'Hugo devient évident.

On a affaire à un crack et cela commence à se savoir dans la région. Il y a de plus en plus de recruteurs au bord du terrain pour l'observer. L'un d'entre eux est particulièrement attentif. Tout le monde le connaît dans le coin… Tout le monde le connaît dans tous les coins de France, à vrai dire ! Il a gardé les cages de l'équipe de France et a même participé à une Coupe du monde. Il s'appelle Dominique Baratelli et il est très impressionné par le benjamin, lui aussi.

– Ton petit gardien de but a des qualités rares, lance-t-il à Régis Bruneton à la fin d'un match. Des atouts physiques, bien sûr, mais c'est surtout sa lecture du jeu qui est exceptionnelle.

– Tu as raison, Domi. Hugo est en avance sur les gamins de son âge. Il mérite un club mieux structuré pour progresser davantage. J'aimerais bien qu'il continue à apprendre avec toi.

L'année précédente, Hugo avait déjà refusé une offre de l'OGC Nice pour rester avec ses copains de Cimiez. Mais là, c'est Dominique Baratelli en personne qui lui fait la proposition à la sortie des vestiaires.

– Tu ne voudrais pas nous rejoindre ? Devenir un « Aiglon », un joueur de l'OGC Nice ?

– Je ne sais pas trop, monsieur. J'aime bien mon club et aussi jouer avec mes amis.

– Personne ne te demande de les abandonner, Hugo. Tu as de belles qualités, ce serait dommage de ne pas les exploiter au maximum dans le plus grand club de la région. Et il y a aussi un signe du destin.

– Quel signe ?

– Nous sommes nés le même jour tous les deux. Alors, peut-être que tu joueras, comme moi, en équipe de France.

– J'adorerais…

– Avant, tu vas devoir passer quand même quelques étapes, mais pourquoi pas… Il faut avoir de l'ambition.

Dominique Baratelli est vraiment séduit par le talent d'Hugo mais il n'est pas devin. Même pour l'ancien portier des Bleus, il est difficile d'imaginer le destin que va connaître ce gamin. En tout cas, il fait sans le savoir le meilleur recrutement de l'OGC Nice depuis sa création.

Ce transfert historique passe totalement inaperçu chez les Lloris. Depuis quelques jours, la famille s'est agrandie avec l'arrivée du petit Gautier : 49 cm pour 3,5 kg. Un frère miniature trop mignon qui fait complètement craquer Hugo. Dès qu'il rentre de l'école, il va le regarder dormir dans son lit de poupée qui semble pourtant démesuré pour lui. Puis, il le prend dans les bras et lui murmure doucement du haut de ses 10 ans :

– Grandis vite, j'ai envie de jouer au foot avec toi. Toi aussi, tu seras un Aiglon, j'en suis sûr.

Chapitre 5

UN JEUNE AIGLON

Janvier 1998.

– Tu sais, Hugo, l'OGC Nice est en mauvaise passe en ce moment, mais c'est quand même une place forte du football français.

– Je le sais, papi, répond Hugo en souriant, tu me le répètes à chaque fois que l'on va au stade du Ray. C'est-à-dire tous les mois depuis que j'ai 6 ans, et j'en ai 11 aujourd'hui !

Pas d'insolence de la part du petit-fils, ces deux-là s'adorent trop.

– Grâce à toi, je connais toute l'histoire des rouge et noir. Les quatre titres de champions de France dans les années 1950. Les trois Coupes de France… Mais bon, c'est vrai que je me souviens beaucoup plus de la dernière, la victoire contre Guingamp, au mois de mai dernier.

– Moi aussi, tu sais, je ne suis pas un dinosaure quand même, répond son grand-père avec un grand sourire.

– Tu te rappelles comme j'avais hurlé quand Bruno Valencony a arrêté les deux tirs au but ? Quand je pense qu'il s'entraîne parfois à côté de nous avec le groupe des professionnels !

– Tu aimerais jouer à sa place ?

– Évidemment ! C'est mon rêve. En tout cas, il a prouvé l'importance du gardien de but. C'est lui qui nous a offert le titre !

– Je me souviens surtout que tu l'as imité en plongeant sur le canapé et que tu as cassé le lampadaire…

– Ah ! ah ! c'est vrai.

– Et que ton grand-père avait dû expliquer tout cela à ta mère…

– Oui…, heureusement que tu es là, papi dinosaure !

– Heureusement que tu travailles bien à l'école surtout ! Tu sais que c'est le plus important ?

– Oh, non, pitié, pas toi…

Hugo sait que les études sont sacrées et qu'il est hors

de question de faire passer quoi que ce soit avant. Pour continuer à jouer au foot, il a même dû arrêter le tennis quand il est rentré au collège. Ce n'est pas grave. Vivre sa passion du football à fond est devenu pour lui la chose la plus importante à ses yeux.

Au club, année après année, personne ne peut lui contester sa place de titulaire dans les buts des cadets puis des juniors du Gym. Les saisons filent, il est toujours dans l'équipe première et, comme il l'avait promis, cela se passe toujours très bien dans sa scolarité.

Ce n'est pourtant pas évident. Ses copains de l'OGC Nice sont tous inscrits en sport-études avec un programme scolaire allégé : entraînements le matin et études l'après-midi. Le rêve, quoi ! Mais Luc et Christine n'ont pas voulu que leur fils intègre le centre de formation du club car il n'y a pas de filières scientifiques. Du coup, Hugo va au lycée Thierry-Maulnier, juste à côté du Jardin botanique de Nice, comme un ado du quartier. Un ado comme les autres, sauf qu'il a un programme beaucoup plus dense ! Le soir, juste après la fin des cours, il file en mobylette à travers les ruelles de Nice pour arriver à l'heure à l'entraînement et retrouver ses copains apprentis footballeurs. Et le week-end, après les matchs, il a même des leçons particulières pour l'aider à bien comprendre ses cours de maths et de physique.

Il faut une discipline et un mental de fer pour arriver à tout concilier. C'est difficile mais depuis quelques mois, depuis son entrée en 1re scientifique, Hugo a une autre très bonne raison d'aller au lycée. Une raison que ses parents ne connaissent pas encore mais qu'ils vont adorer. Elle est brune, jolie comme un cœur et porte le beau prénom de Marine.

L'histoire a commencé à la cantine et ce sont les amis d'Hugo qui ont tout manigancé.

– Allez, Hugo, viens déjeuner avec nous pour une fois, lance Pablo. Tu ne vas pas encore sortir ! Ça fait cent fois que je te le propose.

– Eh si, je vais encore au burger, la cantine c'est vraiment pas pour moi.

– Peut-être, mais on y croise toutes les filles sympas du lycée.

– C'est quoi cette histoire ? Toutes les filles cools vont à la cantine maintenant ? Et pour quelle raison ?

– Peut-être parce que tu n'y vas pas…

– Très drôle. Eh bien, je vais t'accompagner aujourd'hui pour en avoir le cœur net.

– Je vois surtout que ma provoc' à deux balles a fonctionné, s'amuse Pablo.

– Gros malin…

– Allez, arrête de râler, prends un plateau et suis-moi. Tiens, regarde… là-bas, il y a Juliette et une copine.

Le piège est bien ficelé.

– Je te préviens, Pablo, je ne parle pas, murmure Hugo, déjà rouge écarlate…

Le grand taiseux tient sa promesse. Il ne décroche pas un mot pendant la moitié du repas. Il jette simplement des regards pas très discrets vers la copine de Juliette, par-dessus sa montagne de pâtes trop cuites. Il voit bien qu'elle s'en rend compte, mais elle est tellement jolie. Comment a-t-il fait pour ne pas l'avoir remarquée avant ? C'est le problème des lycées avec plus de 1 000 élèves, difficile de connaître tout le monde.

– Tout va bien, Hugo ? lance Pablo, histoire de décongeler son copain. Tu as perdu ta langue ?

Hugo sourit en grimaçant un peu. Il est complètement

bloqué. Depuis qu'il s'est assis à la table, sa confiance en lui est passée sous le niveau zéro. Qu'est-ce qu'il va bien pouvoir dire ? Ouf ! la jolie brune est sympa, et elle décide de lui venir en aide.

– Arrête d'embêter ton copain, Pablo. Tout le monde n'est pas comme toi.

– Heureusement, lance Hugo qui a retrouvé un peu d'assurance.

La jeune lycéenne sourit et reprend :

– Ah ! ah ! tu as raison. Un Pablo dans le lycée, ça suffit amplement. Je me présente, ajoute-t-elle en tendant la main, Marine.

– Hugo…

La glace est brisée. En discutant, les deux lycéens se découvrent des passions communes. Marine adore le sport… ! Elle a donc rencontré l'interlocuteur parfait. Hugo peut raconter son parcours sportif et, sur ce sujet, on ne l'arrête plus. Ce n'est pas pour frimer. Il se sent bien avec elle, c'est tout.

– Marine, je te nomme « réchauffeuse officielle des icebergs niçois » ! lance Pablo qui n'en rate pas une pour se mettre en avant.

Tout le monde se met à rire.

– Bon, c'est bien joli tout ça, mais il faut retourner en cours. Enfin… si les tourtereaux sont d'accord, ajoute-t-il avec un énorme clin d'œil.

Il n'a pas le temps de finir sa phrase qu'il reçoit un bon coup de poing dans l'épaule. Un coup de poing amical et mérité. Et pourtant, Hugo sait bien que son copain a raison. Il est vraiment troublé par Marine. Le coup de foudre a été immédiat, une sorte d'évidence…

– Pourquoi tu ne m'as pas invité plus tôt à la cantine ? rouspète Hugo en sortant du self.

– Ah, elle est bonne celle-là ! Tu ferais mieux de me remercier !

Hugo a trouvé sa supportrice n°1, il adore passer du temps avec Marine. Elle lui donne encore plus confiance en lui, au lycée et sur les rectangles verts.

Cette année-là, il remporte le championnat de France des moins de 18 ans avec l'OGC Nice. Il est l'un des meilleurs gardiens de sa génération. La preuve ? Il commence à être appelé dans les équipes de France jeunes.

La vie est douce… ou presque. Depuis quelques mois, Christine souffre d'une terrible maladie. On en parle peu chez les Lloris, mais Hugo a vite compris qu'il s'agissait d'un cancer. Un mot qui fait si peur. Bien sûr, sa maman réagit à sa manière. Elle continue à travailler, ne montre rien de sa douleur. Alors, à son image, Hugo ne montre rien de sa tristesse.

Chapitre 6

L'ESPOIR DE TOUT UN CLUB

– Hugo, je te rappelle que tu passes le bac dans moins d'un mois…

– Je m'en souviens, maman.

– Le foot prend trop de place dans ta vie, cela me fait peur.

– Mais c'est important…

– Ton avenir l'est plus qu'un ballon rond. On te l'a toujours dit, papa et moi.

– Mon futur sera peut-être dans le football, tu sais.

– C'est fragile comme projet de vie. Imagine que tu te casses le bras, que tu aies un problème à l'épaule. Tu n'es pas très épais, tu sais.

– Je sais. C'est pour cela que quand un adversaire

s'approche, je ne vais pas au contact. J'essaye de passer par-dessus ou par-dessous, s'amuse Hugo.

– Pff, tu as réponse à tout de toute manière...

– Rassure-toi, maman, chaque fois que je m'entraîne une heure de plus, je révise aussi une heure de plus. Je fais tout à 200 %.

Pour la première fois dans la vie d'Hugo, le football passe avant les études. Son bac est repoussé à la session de septembre. Mais le jeune Niçois a une bonne excuse. Cet été 2005, Hugo est sélectionné avec les Bleuets pour le championnat d'Europe des moins de 19 ans. La compétition a lieu en Irlande du Nord.

En rentrant de l'aéroport de Nice où ils ont emmené Hugo, Christine et Luc gardent le silence dans leur voiture. Ils sont encore un peu inquiets de voir leur fils se diriger tout droit vers une carrière de footballeur. Ce n'est pas du tout le destin qu'ils avaient imaginé pour lui. Mais le voir porter la tenue des Bleuets, c'est aussi un signe de réussite, d'accomplissement.

– Et si une brillante carrière de footballeur était aussi valorisante qu'une carrière de banquier ou d'avocat ? lance Luc au premier feu rouge.

– Tu as raison. Cela fait un peu peur, mais c'est vrai. Faisons-lui confiance. Il ne nous a jamais déçus, après tout.

À chaque regroupement avec les petits Bleus, Hugo est heureux de retrouver ses copains.

– Salut Yohan, salut Yoann, salut Yoan, au moins ce n'est pas compliqué avec vous !

Hugo adore Yohan Cabaye, Yoann Gourcuff et Yoan Gouffran. De sacrés bons joueurs promis à un bel avenir si l'on en croit les commentateurs. Ils rêvent tous de rejoindre des grands clubs, de gagner la Ligue des champions, la Coupe du monde peut-être. Mais la star de l'équipe, c'est l'immense milieu de terrain auxerrois, Abou Diaby, qui a déjà joué plusieurs matchs en pro. Il est si élégant, si puissant, si fin techniquement. Les clubs anglais se l'arrachent déjà, mais il garde les pieds sur terre.

Les Bleuets ont battu les Norvégiens puis les Arméniens sans trembler et se qualifient pour les demi-finales. Au tour des redoutables Allemands, les favoris de l'épreuve. Hugo est très motivé.

– C'est du 50/50 les copains. On a autant de chance

qu'eux. Il faut croire en nous, on a des qualités et on va le prouver.

Il a raison. C'est juste mais ça passe : 3-2. Il reste un match et pas le plus facile, ce sont les Anglais qui les attendent en finale.

Il pleut ce 29 juillet 2005, comme souvent en Irlande, même en plein été. Hugo et ses coéquipiers rêvent d'un premier titre avec les Bleuets et ils en ont les moyens. Les deux équipes sont un peu crispées par l'enjeu avant que les Français ne prennent le dessus : transversales, combinaisons, dribbles, les Bleuets étouffent leurs adversaires. Malheureusement, confisquer le ballon, ce n'est pas évident ! La preuve, à la 41e minute, l'Anglais Lee Holmes récupère la balle après une très mauvaise relance plein axe de Mohamed Chakouri. Le milieu de terrain de Derby County ne se pose pas beaucoup de questions, ce n'est pas son genre. Il frappe directement des 20 mètres.

Je vais m'avancer pour boucher l'angle, pense tout de suite Hugo.

C'est ce que l'on apprend dans toutes les écoles de gardien de but. Mais le ballon est contré par Younès Kaboul, le libéro des Bleuets, et il change complètement de trajectoire. Hugo voit passer le ballon au-dessus de lui. Il tente un arrêt désespéré en reculant mais il est lobé. Grrr ! Les Anglais ont ouvert le score !

Dans les vestiaires, à la mi-temps, on entendrait voler une mouche. Les Bleus sont totalement abattus. Hugo sort de sa réserve naturelle pour motiver ses copains.

– On les a dominés de A à Z ! On ne peut pas perdre. Et il ajoute en regardant Chakouri :

– Je vous annonce qu'en seconde mi-temps, Mohamed va se faire pardonner sa relance pourrie.

Il faut oser parler ainsi à un groupe accablé et surtout mettre en cause un de ses coéquipiers devant tout le monde. Mais dans un vestiaire, Hugo est beaucoup moins timide que quand il est avec Marine. Et il a de très bonnes intuitions. Les Français sont surmotivés lors du retour sur le terrain. Ils parviennent même à égaliser au bout de dix minutes ! Et qui est le buteur ? Mohamed Chakouri, bien sûr ! Le Montpelliérain marque de la tête sur le premier corner des Bleuets.

– Tu as eu raison de me chambrer à la mi-temps, glisse le buteur à son gardien en reprenant son poste en défense. Ça m'a tellement énervé que je suis monté sur le corner !

– À ton service, amigo, répond Hugo, un sourire au coin des lèvres. Mais il faut prendre l'avantage maintenant.

– Je vais laisser faire les attaquants. C'est leur job après tout.

Ils vont le faire à la perfection. Le deuxième but arrive très vite. Le défenseur français Yassin Moutaouakil file sur la droite et centre dans la surface de réparation britannique. La reprise d'Abdoulaye Baldé est instantanée. Le ballon se loge au ras du montant droit du but gardé par David Martin. Il ne reste que quinze minutes et les Français ne risquent plus rien, ils n'ont plus qu'à tenir le score. Les Anglais sont totalement « hors jeu » ! À trois minutes de la fin, Yoan Gouffran termine même le travail avec une superbe frappe de l'entrée de la surface de réparation.

3-1 ! C'est gagné. Les Bleuets sont champions d'Europe !

Ils bondissent tous de joie en hurlant. Dès le coup de sifflet final, Hugo les a rejoints pour chanter en boucle :

– On est les champions, on est les champions, on est, on est, on est les champions !

L'ambiance dans les vestiaires est complètement folle. Les Français chantent, dansent, s'embrassent. La soirée promet d'être très joyeuse mais Hugo n'y participera pas. Il a juste le temps de boire une petite coupe de champagne avant de reprendre l'avion en urgence.

– Reste avec nous, Hugo, tu vas rater une fiesta d'enfer, supplie Jourdren, goal remplaçant et grand manitou des troisièmes mi-temps.

– Désolé, Geoffrey, mais il faut que j'aille réviser. Je passe le bac dans un mois et je dois cartonner.

– Mais pourquoi tu te prends la tête ? Le bac ne nous servira à rien. On va tous devenir footballeurs pros, insiste Geoffrey.

– Et si on se blesse ? Si on ne progresse plus ?

– Qu'est-ce que tu racontes ?

– C'est arrivé à d'autres que nous ! Il ne faut surtout pas croire que tout est acquis. Dans le football, ça peut aller très vite dans un sens comme dans l'autre et du jour au lendemain. On en parle au prochain rassemblement. Amusez-vous bien quand même !

Dans l'avion du retour, Hugo a prévu de réviser le programme de physique. C'est sa petite faiblesse et en section scientifique, cela compte beaucoup. Mais il n'est pas inquiet, il a travaillé toute l'année et il n'y a aucune raison d'échouer. D'ailleurs, les épreuves du bac se passent aussi bien que l'Euro. Bingo ! Champion d'Europe et bac avec mention ! C'est pas mal comme été. Il a enfin le droit de partir quelques jours en amoureux avec Marine. Objectif : la côte italienne. Il n'a même pas besoin d'insister auprès de ses parents. Hugo a tenu sa promesse de mener à bien ses études en même temps que sa passion football. Alors il peut bien prendre un peu de vacances. Et puis, eux aussi aiment beaucoup la jolie Marine.

Chapitre 7

ENFIN PRO !

Le jour de la reprise, Hugo enchaîne les exercices au parc des sports Charles-Ehrmann pour travailler sa détente. Depuis quelques mois, il participe aux entraînements des pros, ceux qui l'ont toujours fait rêver. De ses premiers pas sur les terrains jusqu'à ses 18 ans, il a appris des anciens l'importance de ces séances de travail.

– Tu joues comme tu t'entraînes, lui disait toujours Régis Bruneton, son premier éducateur. Que ce soit une opposition, un tennis ballon ou un toro, c'est toujours de la compétition.

De bons principes qui n'empêchent pas de chambrer ses coéquipiers.

– La lucarne, Pancho, essaie de viser la lucarne… Je sais que c'est difficile pour toi.

C'est courageux de chambrer Pancho Abardonado, un des joueurs les plus teigneux de l'équipe première de l'OGC Nice. Sur le terrain, on reconnaît facilement Pancho le Gitan à son engagement, parfois très limite, sa hargne et ses cheveux longs. C'est un battant qui ne lâche jamais rien.

– Ne fais pas trop le malin, gamin. Sinon, je t'allume.

– Ça va, on peut rigoler un peu. Mais j'attends toujours ma lucarne.

– Elle va arriver. Mais si tu veux un dernier conseil, écoute ce que m'a appris mon père : « Si tu veux qu'on te respecte, respecte les autres. »

Même s'il est un peu chambreur, Hugo aime ces conversations avec les plus anciens. Il sait très bien que sous ses airs de brute, Pancho est un gars vraiment sympa et que ses conseils viennent du cœur. De toute façon, la séance est écourtée. Hugo est convoqué par le nouveau coach de l'équipe professionnelle, Frédéric Antonetti, tout juste arrivé en provenance de Saint-Étienne. Un sanguin qui a la réputation de ne pas être toujours facile… et même plutôt rarement.

Quand il rentre dans le bureau décoré aux couleurs du club, Hugo se demande bien ce que le coach lui veut. L'accueil est chaleureux, c'est déjà bon signe.

– Ah, voilà notre champion, commence Frédéric Antonetti. Je voulais te féliciter pour ton titre de champion d'Europe. Tout le monde est fier de toi dans le club.

– Merci, coach, c'est sympa.

C'était donc cela. Pas la peine d'arrêter une séance d'entraînement pour me complimenter, pense Hugo en gardant son bon sourire sur le visage.

– Et puis, bravo aussi pour ton bac. Les footballeurs qui poursuivent leurs études sont tellement rares.

– J'ai envie d'aller plus loin, je me suis inscrit à la fac d'EPS pour devenir prof. Enfin, si jamais ça tourne mal dans le football.

– Justement… je voulais que l'on parle de ton avenir.

Le cœur d'Hugo se met à battre plus vite. Que veut dire le coach ? Il ne va pas devoir attendre longtemps pour le savoir.

– Tu sais que Bruno Valencony, le gardien titulaire de l'année dernière, arrête sa carrière.

– Bien sûr, je m'entraîne souvent avec lui.

– Il nous a dit beaucoup de bien de toi, comme beaucoup d'autres personnes du club. Tu es doué, tout le monde le sait, et tu as les qualités pour devenir pro.

– Merci, c'est gentil.

– Ce n'est pas un compliment gratuit, Hugo. C'est une offre ferme. Je te propose un contrat pro avec l'OGC Nice mais à une condition, tu dois faire tes preuves pendant toute la saison.

Hugo est fou de joie mais il ne veut pas le montrer. Sa mère lui a toujours appris à contrôler ses émotions.

– Mais vous avez déjà Damien Grégorini pour remplacer Bruno, lance-t-il.

– Je compte sur lui comme titulaire. Toi, tu démarres comme remplaçant en championnat, mais tu seras titulaire en Coupe de la Ligue. Et après, on ne sait jamais.

Comme promis par Frédéric Antonetti, Hugo est appelé pour jouer avec les pros en Coupe de la Ligue contre La Berrichonne de Châteauroux. Le matin du match, il est incroyablement serein pour un gamin de son âge.

– On compte sur toi pour être le patron de la défense, lui dit Frédéric Antonetti, qui n'a aucun doute sur les qualités d'Hugo.

– Je vais faire de mon mieux.

– Ce sera suffisant alors, répond le coach du tac au tac.

26 octobre 2005.

C'est le grand jour. Hugo a la chair de poule en rentrant sur le terrain contre Châteauroux. Même pour un gagneur comme lui, ce n'est pas évident de jouer avec les pros. La pression est différente. Mais Hugo a aussi les yeux qui brillent en regardant les milliers de spectateurs. À 18 ans, il est déjà prêt à en découdre. Dès les premières secondes, les Niçois font le siège des Castelroussins. Hugo a moins de dix interventions à faire en première période. C'est un match piège pour un gardien de but mais tout est parfait. Placement, sorties sur corner, relances, le minot assure. Mais pas ses attaquants. En seconde période, c'est le même scénario. Châteauroux plie mais ne rompt pas. Il faut un vainqueur, il y aura donc prolongation. Les Aiglons trouvent enfin la faille sur leur première action : Balmont centre sur Roudet qui frappe de volée. Le gardien castelroussin repousse sur Bagayoko qui marque en taclant. Et il double le score dans la foulée : 2-0, le plus dur est fait. Attention à ne pas se déconcentrer. Les joueurs de Châteauroux se ruent à l'attaque. Il ne reste plus qu'une poignée de secondes et ils veulent sauver l'honneur. Échappé sur le côté gauche de l'attaque, le solide défenseur Ocokoljić frappe de toutes ses forces vers les buts niçois. Hugo est concentré. Il voit le ballon partir et repousse la tentative des poings. Pas question de laisser les Castelroussins revenir dans le match. Même à quelques secondes du coup de sifflet final. C'est fini ! Les Aiglons accèdent aux 8es de finale… Hugo peut lever les bras. Il a fait un match discret mais solide… à son image !

– Bravo gamin ! lui lance l'ami Pancho. Tu n'as rien lâché. C'est la marque des champions.

Ce n'est qu'une étape. Avec Hugo dans les cages, les Aiglons semblent invincibles et se qualifient pour la finale. C'est la magie de cette compétition où quelques matchs seulement permettent d'accéder au Stade de France. Hugo est fou de joie ! Et, cerise sur le gâteau, son entraîneur le titularise pour le prochain match de championnat ! Un baptême de Ligue 1 qui a lieu un jour après avoir signé son premier contrat pro ! Que demander de plus ? Mais cela ne fait pas que des heureux en club.

Damien Grégorini commence à comprendre que le petit jeune est en train de le mettre doucement sur le banc de touche. Furieux, il exige une explication du coach.

– On avait dit que je jouais les matchs de championnat et lui la Coupe de la Ligue, c'est quoi cette embrouille ?

Frédéric Antonetti n'est pas du genre à se laisser déstabiliser. Il a besoin de ses deux gardiens.

– Ne t'inquiète pas, on veut juste préparer Hugo pour la finale de la Coupe de la Ligue. C'est très important pour le club.

Bien joué, coach ! Non seulement Damien se calme mais en plus, il aide le petit nouveau à se préparer pour son premier match. Il n'a rien contre lui et il le trouve même plutôt sympa et respectueux. Ce n'est pas toujours le cas dans la nouvelle génération d'apprentis footballeurs. Il l'a dit à Hugo dès son arrivée dans le groupe pro :

– Si la concurrence est loyale, je l'accepte. C'est la loi du sport de haut niveau. Que le meilleur joue.

Chapitre 8

PREMIER MATCH EN LIGUE 1

La grande aventure de la Ligue 1 commence pour Hugo un soir de mars 2006 contre Nancy. Ce n'est pas un match banal. Le Gym doit assurer son maintien contre un rival direct. Hugo a de la chance, la rencontre est programmée au stade du Ray. Dans les tribunes, toute la famille Lloris s'est déplacée pour voir débuter Hugo au plus haut niveau. Ses grands-parents, sa grande sœur Sabrina et Marine, bien sûr, qui est assise à côté de Luc et Christine. Mais celui qui fait le plus de bruit, c'est son petit frère d'une dizaine d'années, totalement ingérable avec son drapeau rouge et noir.

– Gautier, on ne voit rien, dit gentiment Christine.

– OK maman, répond le jeune garçon en continuant à

faire flotter les couleurs de l'OGC Nice exactement de la même manière.

Christine est bien fatiguée par sa maladie, mais elle n'aurait raté les débuts de son fils aîné pour rien au monde. Elle dit encore parfois qu'elle aurait préféré le voir dans une école d'ingénieur ou en stage dans un cabinet d'avocat à New York, mais au fond d'elle-même elle est très fière de lui. Elle est fière du talent, de la détermination et du courage d'Hugo. Il a choisi sa vie, il a fait tous les efforts pour mener correctement son projet et il a réussi. Combien d'apprentis footballeurs deviennent pros ? Une poignée seulement. C'est un parcours du combattant et Hugo a passé toutes les étapes sans trembler. On dit même que son avenir est doré.

Après quelques minutes de jeu, Hugo prouve déjà à ses coéquipiers qu'ils peuvent compter sur lui.

Sur le premier corner, le milieu nancéen Gavanon adresse un ballon vicieux à hauteur du point de pénalty. La trajectoire la plus compliquée pour un gardien de but. Faut-il sortir ou rester sur sa ligne ?

Je dois y aller, se dit Hugo en une fraction de seconde. *Dans ma surface, c'est moi le patron.*

Il s'élance, s'envole au-dessus d'une grappe de joueurs et capte le ballon avant de retomber sur l'herbe. Ce gamin est un chat en tenue de footballeur. Il est le maître des airs, son agilité est impressionnante. Rien à dire. Le débutant est largement au niveau. Hugo le prouve encore quinze minutes plus tard. Coup franc vite joué par Nancy. Brison frappe, mais Hugo a bien fermé l'angle et détourne. C'est simple et efficace. Le jeune gardien niçois est incroyablement serein. Ce n'est pourtant pas un match facile. Sur la pelouse, il y a plus de cartons que d'occasions. L'ambiance est bouillante. Entre les deux équipes qui vont s'affronter dans quelques semaines en finale de la Coupe de la Ligue, la tension est extrême. Les défenseurs niçois Pancho Abardonado et Cyril Rool ne font rien pour calmer la situation. Bien au contraire, ils jettent des litres d'huile sur le feu : tacle à la hauteur des genoux, coups d'épaule un peu trop virils, mauvais regards. Ils savent faire et ils se débrouillent si bien que c'est le rugueux défenseur nancéen André Luiz qui se fait expulser juste avant la pause !

– Bien joué les gars, lance Hugo à ses deux grognards. Vous l'avez fait disjoncter. Mais restez calmes maintenant. L'arbitre va sûrement vouloir compenser l'expulsion du Nancéen. Et puis, on pourrait juste jouer au ballon, non ?

Mais la seconde mi-temps est tout aussi engagée. Les cartons continuent de voler. Heureusement, il y a aussi des artistes chez les Aiglons. Dix minutes après la reprise, Bakary Koné, l'attaquant de poche niçois, ouvre le score sur une passe de l'élégant Echouafni.

Buuuuttttttttttttttttttttttttttt !

1-0 ! Hugo lève le poing bien haut en direction de sa famille. Si le score en reste là, les Aiglons assureront leur maintien. Avec un but d'avance et une supériorité numérique, l'affaire est bien engagée pour le Gym. Mais ce n'est pas encore gagné. Les Nancéens veulent revenir par tous les moyens. L'attaquant lorrain Éli Kroupi file le long de la ligne de touche, se rapproche des buts et tire des 20 mètres. Sa frappe est ultrapuissante, supersonique. Hugo Lloris se détend sur sa gauche pour une parade de grande classe. C'est la plus belle action du match ! Le reste est déplorable. Les agressions sont de plus en plus violentes jusqu'au coup de sifflet final. Et, immédiatement après le coup de sifflet final, un autre match débute, plutôt du genre boxe ou MMA. Bagarre générale, injures, distribution de claques, tout y passe.

Hugo est un gagneur mais il déteste ces combats de coqs. Il se tient éloigné de la mêlée et rentre en courant aux vestiaires. Pas question de prendre un carton rouge lors de sa première sortie chez les pros.

Il s'assoit à côté de son casier pour savourer ce moment. Pas de faute, pas trop d'angoisses, de belles envolées. Il a assuré pour sa première sortie en Ligue 1, et surtout Nice a gagné ! Il voit arriver un à un ses coéquipiers, les plus bagarreurs à la fin. Le coach n'est pas très content de cette fin de match houleuse :

– On n'a rien à gagner avec la violence ! Il faut se faire respecter dans les règles. Attention, on retrouve les Nancéens en finale de la Ligue et ils vont tout faire pour nous faire craquer.

– C'est eux qui ont commencé, se défend Pancho.

Son excuse fait rire tout le monde dans le vestiaire. Il l'utilise après chaque bagarre, surtout celles qu'il a provoquées.

– Nous avons une chance de remporter un titre, reprend Frédéric Antonetti. Ne la gâchez pas. On a quatre semaines pour se préparer et pour se calmer. N'est-ce pas, Cyril et Pancho ?

La leçon est retenue. Après cette victoire, Nice a désormais l'esprit libre puisque le maintien est acquis. Le club du Sud semble avoir pris un petit avantage psychologique sur le club de l'Est pour la finale de la Coupe de la Ligue qui s'annonce.

Chapitre 9

UNE « PREMIÈRE » DOULOUREUSE

22 avril 2006.

En rentrant dans le Stade de France, le cœur d'Hugo se met à battre à toute vitesse. La finale de la Coupe de la Ligue Nancy-Nice a déjà commencé dans les gradins depuis des heures. Les 75 000 spectateurs chantent à tour de rôle pour supporter leur équipe. Les chants des fans en rouge et blanc répondent à ceux des gradins en noir et rouge.

Quelle ambiance, se dit Hugo en sortant des vestiaires, *je n'ai jamais vu ça de toute ma vie.*

– Eh, gamin, tu es tout pâle… Ne te laisse pas impressionner par le public, lui glisse Pancho le costaud. C'est toi qui dois les impressionner, pas le contraire.

L'arbitre siffle le coup d'envoi et cela ne commence pas

très bien pour les Sudistes. Ils sont tétanisés par l'enjeu, méconnaissables. Dès la quatrième minute, les Lorrains obtiennent un coup franc dangereux à une trentaine de mètres.

– Pancho, Cyril, vite…, hurle Hugo pour se faire entendre dans le vacarme du Stade de France. Je veux un mur à cinq ! Dépêchez-vous. Plus à gauche. Oui, c'est bon, ne bougez pas.

La frappe du Lorrain Pascal Berenguer contourne la muraille humaine mais Hugo est vigilant. Il repousse des deux poings, le plus loin possible.

– Bien joué, Hugo ! Là, c'est toi qui as impressionné tout le monde, lance Pancho en souriant.

– Aux autres de jouer maintenant, répond le jeune gardien à son défenseur.

Mais les Niçois n'y arrivent pas. Ils sont dominés et leurs contres sont mal négociés, totalement inefficaces. Dans ses buts, Hugo a déjà compris le problème et ça tourne à cent à l'heure dans sa tête.

On n'arrive pas à construire une seule action. J'ai plutôt intérêt à assurer si on veut garder un espoir.

Des pensées sombres alors que la finale a commencé

depuis vingt minutes seulement. Mais Hugo a raison. Les Niçois déjouent complètement et leurs adversaires en profitent pour lancer attaque sur attaque.

– Mais ce n'est pas possible, les gars, crie Hugo. Stoppez-les !

Trop tard. Le milieu de terrain lorrain Emmanuel Duchemin longe le bord de touche et déborde côté droit pour servir Moncef Zerka.

– Pancho, dégage, vite ! hurle Hugo.

Le défenseur niçois est en retard. Zerka a le temps de décaler de la tête pour Pascal Berenguer qui frappe en force.

Je vais l'avoir sans problème, estime Hugo qui se couche sur le ballon.

Mais il ne l'a pas du tout ! Impossible de le bloquer. Il ne peut que le repousser dans les pieds de Zerka. L'attaquant n'a plus qu'à marquer dans les buts vides.

Buuuuuuuuuuuuttttttttttttttttttttt !

Dans les tribunes du Stade de France, les supporters nancéiens sont en liesse. Pendant trois minutes, on ne s'entend plus sur la pelouse.

– Mais ce n'est pas possible ! hurle Hugo en se relevant. Je suis nul, nul, nul !

Il est furieux contre lui-même. Il pourrait s'en prendre à ses défenseurs, pas irréprochables sur l'action, mais ce n'est pas si facile de râler contre des tauliers. Et ce n'est pas son genre de se cacher derrière les autres.

– Il reste 70 minutes, ne panique pas, lui glisse à l'oreille son capitaine Cédric Varrault. On a largement le temps de revenir.

Ses mots ne sont pas suivis d'effets. Les Niçois semblent totalement anéantis par cette ouverture du score. Ils cafouillent et s'énervent à chaque perte de balle. Face à eux, les Lorrains font tout pour tenir le résultat, peu importe la manière. Et ils y parviennent sans trop de difficultés.

J'ai un mauvais pressentiment, les Nancéens sont en train de nous endormir, pense Hugo en rentrant dans les vestiaires à la mi-temps.

C'est ce que craint aussi le coach Frédéric Antonetti. Son discours à ses joueurs est sanglant pour réveiller ses troupes :

– On se fait marcher dessus ! Enfin, vous vous faites

marcher dessus ! Ce n'est pas possible. Cela ne sert à rien de venir au Stade de France pour jouer comme des poussins ! J'ai honte de vous. La dernière fois, vous avez voulu faire les caïds contre les Nancéens et aujourd'hui ils vous atomisent, ils vous ridiculisent.

– Le coach a raison, s'exclame le grand défenseur Sammy Traoré. Réveillez-vous ! Réveillons-nous !

Hugo ne dit rien, bien sûr. À 19 ans, on laisse encore parler les anciens. C'est le temps de l'apprentissage. Il espère simplement que ses coéquipiers vont entendre le discours du coach et se rebeller. Il n'est pas déçu. À la reprise, le scénario du match change totalement. Les Aiglons sont devenus des aigles. Ils se lancent à l'assaut de la citadelle de l'Est. Trois minutes seulement après la reprise, leur attaquant Marama Vahirua marque d'une inspiration magnifique. Il récupère le ballon à l'entrée de la surface après un show de Koné et frappe sans contrôle. Le ballon arrive dans le petit filet du gardien nancéen, totalement impuissant. Comme il en a l'habitude, Marama imite le geste du coup de pagaie devant les supporters du Gym. C'est sa célébration, sa signature polynésienne !

– Bravo Marama, crie Hugo de sa voix fluette. Encore un maintenant !

Personne ne l'a entendu mais ce n'est pas grave. Il savoure cette égalisation tout seul dans son coin. C'est le destin des gardiens de but !

Vexés par cette égalisation, les Nancéens commencent à pourrir le match. Les contacts se multiplient, les injures fusent. Distributions gratuites de coups partout sur le terrain. La température monte de plusieurs degrés. Ô miracle ! Pancho et Cyril, les deux pitbulls niçois, ne prennent aucun avertissement ! Incroyable. C'est même l'inverse qui se produit. Carton jaune pour le Nancéen Puygrenier qui bloque illégalement Vahirua. Un deuxième jaune, synonyme de rouge. À l'heure de jeu, c'est le jackpot pour les Aiglons.

Hugo commence à avoir des pensées beaucoup plus optimistes :

On peut gagner maintenant. Il faut juste rester calme et construire le jeu sans s'énerver.

Nice va profiter de ce surnombre, c'est certain. Il suffit d'attendre maintenant. Hélas, rien ne se passe comme dans les rêves d'Hugo. Trois minutes après l'expulsion, les Nancéens obtiennent un bon coup franc à 25 mètres des buts.

– Bien concentrés, les gars. Chacun le sien, hurle le jeune gardien en plaçant ses défenseurs. Je m'occupe du reste.

Benjamin Gavanon frappe le coup de pied arrêté, légèrement excentré à gauche des buts niçois. Hugo hésite. Le ballon est loin et il y a suffisamment de défenseurs pour le gérer. Il décide de rester près de sa ligne. Pas de chance, c'est l'attaquant Kim qui saute le plus haut et dévie le ballon du sommet du crâne. Il prend une trajectoire bombée totalement imprévue et lobe Hugo légèrement avancé. Tout est à refaire… Il est furieux et ne cesse de culpabiliser :

Sur les deux buts, je n'ai pas été décisif. Je n'ai rien apporté à mon équipe.

Ce n'est pas le moment de gamberger. Les Niçois ont un peu moins de 30 minutes pour revenir au score. Mais les dieux du football sont clairement contre eux ce soir. Seule action notable, un tir lointain de Cyril Rool qui trouve le poteau gauche. C'est tout et ce n'est pas suffisant. Cette fois, c'est fini. Les Aiglons ont les ailes coupées. La Coupe de la Ligue prend le chemin de Nancy. Les Lorrains font la fête sur le terrain. C'est seulement la deuxième coupe nationale remportée par leur club ! La première avait été gagnée en 1978… contre Nice. Cette année-là, le grand Michel Platini, présent aujourd'hui dans les gradins du Stade de France, avait marqué le seul but du match à Dominique Baratelli, celui qui a découvert le talent d'Hugo !

Après le match, le dîner organisé avec les familles des joueurs niçois est d'une tristesse absolue.

– On reviendra l'année prochaine et on gagnera, dit Frédéric Antonetti dans un petit discours improvisé. Mais aujourd'hui, on n'a pas su maîtriser nos émotions, on n'a pas su assumer ce statut de favoris. Je plaide coupable.

Dans l'assistance, tout le monde sait que le coach n'est pas le seul responsable. Chaque Aiglon sait qu'il n'a pas fait le nécessaire. À commencer par Hugo qui craque complètement :

– C'est horrible de perdre en finale… C'est de ma faute en plus…

Ses proches essaient de trouver les mots pour consoler le minot.

– Qu'est-ce que tu racontes ? commence son grand-père. Tu as fait un très bon match.

– Si j'avais été bon, on aurait gagné.

– La défaite fait partie de la vie des champions, rajoute Luc pour apaiser son fils. Tu n'as que 19 ans ! C'est déjà extraordinaire de jouer une finale au Stade de France.

Hugo a un peu peur quand même. Sa prestation a été très moyenne et son jeune âge n'est pas une excuse valable.

– Le coach ne voudra peut-être plus de moi..., finit-il par lâcher après un long silence. Le club va sûrement recruter un gardien plus expérimenté.

– Bon, je crois que tu dois digérer ta déception, dit gentiment son grand-père. On discutera de tout ça demain. Tranquillement. Mais sois sûr d'une chose Hugo, ta carrière ne s'est pas terminée ce soir, rajoute-t-il en souriant.

Il a raison. Les dirigeants de l'OGC Nice comptent fermement sur Hugo la saison prochaine. Ils ne sont ni fous, ni aveugles, ni sourds. Ils savent que leur jeune prodige est sollicité par les recruteurs des plus grands clubs européens. Il est sur les tablettes de l'Olympique lyonnais mais aussi du Milan AC et de Tottenham, l'une des équipes phares de Londres. C'est exceptionnel pour un gardien, surtout aussi jeune.

Pas de quoi faire tourner la tête du jeune Niçois.

À chaque sollicitation, il pense aux mots de son père et tout devient clair dans son esprit :

Il est encore très tôt, Hugo. Si un club te veut vraiment, il sera encore là dans quelques mois, ne t'inquiète pas.

La saison suivante, Hugo s'impose comme titulaire indiscutable de l'OGC Nice et participe à 37 matchs de championnat. Il est même nommé dans la catégorie des « meilleurs gardiens de Ligue 1 ».

À 20 ans, l'Aiglon vole de plus en plus haut. Il devient trop fort pour Nice. Il a déjà envie de se confronter à d'autres défis et il a toutes les cartes en main pour ça. Comme l'avait prédit son père, les Londoniens de Tottenham et les dirigeants de l'Olympique lyonnais continuent à faire le forcing pour attirer le jeune gardien.

– Un jour ou l'autre, Hugo sera chez nous, c'est une évidence, avait même annoncé Bernard Lacombe, le conseiller du président Jean-Michel Aulas. Et pour nous, ce sera une fierté qu'il choisisse l'OL pour progresser.

L'OL va tout faire pour séduire le gardien niçois et il va y arriver !

Chapitre 10

TERRIBLE BLESSURE

Avril 2008.

– Hugo, rappelle tout de suite ton père. C'est urgent.

Dès les premiers mots de l'intendant du club, Hugo a déjà compris. Depuis un mois, sa mère ne quitte plus l'hôpital et les résultats de ses examens sont sans espoir. Chaque soir, il prend sa petite Fiat pour venir à son chevet. Chaque soir, elle accueille son fils avec un immense sourire. Chaque soir, Hugo pleure dans sa voiture sur le retour.

Christine montre le courage et la détermination qui l'ont accompagnée toute sa vie, mais son état de santé s'est dégradé ces derniers jours. Alors Hugo n'a pas beaucoup d'illusion en composant le numéro du portable de son père :

– Allô papa…

– Hugo, j'ai une très mauvaise nouvelle à t'annoncer.

– C'est fini…

– Oui, elle est partie il y a quelques minutes…

Il avait beau le savoir avant même de prendre son téléphone et y être préparé, le choc est d'une violence inouïe. Une tonne de douleur s'abat sur le jeune footballeur. Il ne peut qu'articuler ces mots :

– Je passe chercher Marine, on arrive tout de suite.

– Prenez votre temps, je suis avec Sabrina et Gautier.

– Comment il réagit, le petit ? demande Hugo, inquiet pour son frère.

– Comme nous tous, on a du mal à se rendre compte…

C'est si dur de perdre sa maman. Si injuste, si brutal, si difficile à accepter.

Hugo est choqué. Il reste de longues minutes dans le canapé du club-house pour essayer de reprendre ses esprits. La voix de son copain Cyril Rool le sort de sa torpeur après un temps indéterminé. Il est venu le consoler dès qu'il a appris la nouvelle.

– Je suis tellement désolé, Hugo…

Cyril est à la fois l'un des joueurs les plus méchants du championnat de France et le coéquipier le plus gentil du monde. Personne n'a jamais compris comment ce garçon adorable se transformait en teigne en entrant sur une pelouse.

– Ne viens pas demain à l'entraînement. Prends du temps pour toi, reste un peu avec ta famille…

– Mais Cyril, il y a un match dans trois jours, répond Hugo.

– Tu n'es pas en état de jouer, il te faut du repos.

– On a peut-être une chance d'attraper une place européenne si on bat les Lillois.

– Et alors ? Quelle importance… tu traverses l'une des pires épreuves de ta vie. Protège-toi.

– C'est gentil mais, tu sais, je crois qu'il faut aller de l'avant. C'était la philosophie de ma mère.

Le lendemain, quand Cyril arrive au centre, Hugo est déjà là depuis les premiers rayons du soleil. Il s'entraîne seul en attendant le reste du groupe. Il préfère courir que de rester chez lui à broyer des idées noires. Son club est aussi sa famille et il porte ses couleurs depuis près de dix ans maintenant. Le président le rappelle dans un communiqué affectueux :

« En ces moments difficiles, l'OGC Nice est uni derrière son jeune gardien. À sa famille et ses proches, le club présente ses sincères condoléances. »

Trois jours après la mort de Christine, Nice reçoit Lille au stade du Ray pour la 32e journée du championnat.

– Tu es bien certain de vouloir jouer, Hugo ? lui demande pour la troisième fois Frédéric Antonetti à la fin du dernier entraînement.

Le visage d'Hugo s'assombrit un instant.

– Je n'ai pas changé d'avis, coach, ce n'est pas dans mes habitudes.

– Et si l'émotion te submerge ?

– Je serai au top, coach, ne vous inquiétez pas, promet-il.

Sans surprise, il figure bien dans l'équipe qui rentre sur le terrain.

– Numéro 1 : Huuuuuugo Llooooris !

Quand le speaker annonce son nom, les 10 000 spectateurs du stade du Ray applaudissent comme jamais. Hugo n'avait pas prévu un tel accueil. Bien droit dans son maillot bleu clair, il est ému mais il ne veut pas craquer. Il a un voile dans le regard, et ce n'est pas fini pour les émotions. Cyril et Pancho l'entourent de leurs bras pour former avec tous les autres Niçois, titulaires comme remplaçants, un immense cercle au milieu du terrain. Ils sont tous unis. La minute de silence se transforme en minute d'applaudissements. Hugo n'avait rien demandé mais il n'oubliera jamais cette solidarité, cette fraternité.

Comme il l'avait promis, il fait un match très sérieux. Parade sur une frappe de Michel Bastos, plongeon dans les pieds de Ludovic Obraniak, arrêt réflexe sur une tête à bout portant d'Adil Rami. Et quand sa transversale le sauve, il ne peut s'empêcher de regarder vers le ciel.

Hugo remercie le public en sortant du terrain après le coup de sifflet final mais il ne s'attarde pas sur la pelouse. Son émotion lui appartient.

Dans les vestiaires, Cyril Rool est le premier à venir lui parler.

– Tu m'as vraiment impressionné, Hugo. Non seulement tu n'as pas craqué mais en plus tu nous as maintenus à flot avec tes parades. Chapeau l'artiste. Crois-moi, elle doit être fière de toi là-haut.

Chapitre 11

BIENVENUE À LYON

– Cinq ans à l'OL pour Lloris !

C'est un événement dans le football français. Le journal *L'Équipe* en a même fait son gros titre en « Une ». Le jeune Niçois remplace le géant Grégory Coupet, le gardien lyonnais et de l'équipe de France. À 35 ans, l'international a décidé de rejoindre l'Atlético de Madrid. Il est désormais un « Colchonero ». Un nom qui signifie « matelassier » car les joueurs du club madrilène portent un maillot rayé comme les vieux matelas.

Bien sûr, personne à l'OGC Nice n'est heureux de voir partir Hugo, mais tout le monde est conscient que son talent doit grandir dans un club plus ambitieux. Les dirigeants du Gym organisent même un immense barbecue pour fêter ce beau transfert.

– Et pourquoi tu n'es pas parti directement à l'étranger ? lui demande Cyril. Tu as déjà le niveau.

Voilà qui fait plaisir à entendre.

– J'ai d'abord envie de gagner des titres en France et de progresser en jouant la Ligue des champions.

– C'est surtout parce que Marine ne veut pas qu'il s'éloigne trop d'elle, ajoute Olivier Echouafni en souriant.

– N'importe quoi ! Marine vient avec moi, bien sûr, et elle m'accompagnerait aussi si j'avais signé au bout du monde !

Hugo a soif de trophées et l'OL est le club phare de l'Hexagone. Au club pendant onze ans, Coupet a remporté sept championnats et une Coupe de France avec le maillot lyonnais. Il a aussi joué plus de 50 matchs en Ligue des champions.

Hugo a fait son choix depuis longtemps. Il est raisonné, intelligent et ambitieux. En arrivant sur les bords du Rhône, il ne tarde pas à l'expliquer aux journalistes lyonnais, venus en grand nombre rencontrer le successeur de Coupet :

– J'ai beaucoup de respect pour Grégory qui a énormément apporté au club. Pour l'instant, je suis simplement un jeune gardien qui veut aller au bout de ses rêves avec l'Olympique lyonnais. Mais rassurez-vous, j'ai de très beaux rêves.

Maintenant, il faut passer des paroles aux actes. Cela tombe bien, Hugo peut gagner un titre dès son premier match avec le Trophée des champions. Les Lyonnais de Claude Puel affrontent les Bordelais de Laurent Blanc. Un sacré duel. Sur la pelouse et sur le banc, il fait chaud ce 2 août 2008. De nombreux vacanciers animent les tribunes du stade Chaban-Delmas mais ce n'est pas un match estival sans enjeu. Les deux équipes sont bien décidées à prendre un ascendant psychologique avant le début du championnat.

– Hugo, on va t'apprendre à gagner un titre, lui dit Sidney Govou avec malice dans le couloir qui mène au terrain.

Chouchou de Gerland, l'attaquant est adoré dans les vestiaires. Il arrive même à faire rire le coach, Claude Puel. Et c'est un vrai exploit.

– On a gagné le Trophée les sept dernières années. Si jamais on perd, on saura qui est le chat noir, rajoute-t-il en rigolant.

Hugo est serein. Même si le match a lieu à Bordeaux, l'OL est favori. Le nouveau gardien lyonnais a une défense de fer ! Les Français Anthony Réveillère et Mathieu Bodmer sont des monstres, le Brésilien Cris est si autoritaire et intransigeant qu'il est surnommé « le policier », et l'Italien Fabio Grosso est tout simplement champion du monde en titre avec la Squadra Azzurra !

Tout le monde pourrait garder les buts derrière cette muraille humaine, pense modestement Hugo.

Il est un peu tendu. Le souvenir de sa défaite contre Nice dans sa dernière finale nationale n'est toujours pas effacé et il n'a aucune envie de trébucher une nouvelle fois sur la dernière marche. Il y a peu de risques. Son équipe est largement favorite aujourd'hui. L'OL joue sans sa star Juninho, mais elle a des jeunes impressionnants comme le buteur d'élite Karim Benzema ou l'espoir bosnien Miralem Pjanić.

C'est parti. Contre toute attente, les Lyonnais sont dominés dès les premières minutes. Ils ont du mal à résister aux attaques girondines orchestrées par Gouffran et Gourcuff, les anciens Bleuets vainqueurs de l'Euro avec Hugo. Les deux Yoan(n) sont maintenant dans le camp adverse et sont bien décidés à faire souffrir leur copain ! Pour se rassurer, le nouveau gardien lyonnais parle beaucoup à ses défenseurs.

– Attention, Cris, il part dans ton dos.

– Reviens, Fabio.

– Remontez, jouez le hors-jeu !

Il a raison de s'inquiéter. Les Bordelais viennent d'obtenir un coup franc idéalement placé.

– Mais non… pas à cet endroit ! C'est trop dangereux.

Pourquoi faire une faute inutile à 30 mètres des buts ? On ne joue même pas depuis dix minutes ! Cela rend fou le jeune gardien des Gones.

Wendel s'approche du ballon. Hugo sait qu'il a une frappe de mule. Depuis ses débuts à Nice, il se renseigne avant chaque match sur les habitudes des tireurs de corners, de coups francs et de pénaltys de l'équipe adverse. Avec Wendel, il sait que le tir sera forcément puissant, alors vigilance maximale. Il n'est pas déçu, le ballon fuse sur la pelouse. Hugo a une seconde pour plonger et le repousser. Il se détend mais il est trop court. But ? Non, le ballon passe à quelques centimètres de son poteau gauche… ouf !

– Premier avertissement ! Arrêtez vos bêtises les gars, défendez intelligemment.

Il n'est pas écouté… ou il n'est pas entendu. L'international marocain Marouane Chamakh met le feu dans la défense lyonnaise à chaque fois qu'il reçoit le ballon. Une fois de plus, il passe entre Bodmer et Cris et s'approche des buts.

Hugo n'a pas le choix. Il doit plonger dans les pieds de la fusée bordelaise. Mais pas n'importe comment :

Je dois toucher le ballon avant le joueur.

Plus facile à dire qu'à faire. Il déséquilibre l'attaquant qui en rajoute un maximum.

Pénalty, c'est sûr, pense Hugo tout en disant à l'arbitre : Je ne l'ai pas touché !

Difficile à croire. Et pourtant, l'homme en noir indique le point de… corner. Les Bordelais sont furieux. Hugo respire un peu avant de lâcher à ses défenseurs :

– Réveillez-vous, maintenant ! On ne va pas avoir de la chance pendant 90 minutes. C'est le deuxième avertissement !

Dix minutes plus tard, il y en a un troisième. Hugo ne voit même pas partir le ballon sur la reprise de volée vrillée d'Henrique. Il est complètement battu, il n'y a plus d'espoir… Mais si ! Il est sauvé par sa barre transversale ! C'est un signe. Tout le monde le sait, la chance, la « baraka », cela compte aussi pour un gardien. Bien sûr, il faut du talent et Hugo n'en manque pas. Sa première mi-temps est fantastique.

– On ne s'est pas trompés avec Hugo, se félicite Jean-Michel Aulas dans la tribune. Il est dans la lignée de Grégory. Bravo, Bernard.

– Je n'ai pas trop de mérite, lui répond son conseiller. Tout le monde connaissait son potentiel.

Mais Hugo n'est pas le seul à avoir du talent sur la pelouse, Chamakh n'en manque pas non plus. Il inquiète les supporters lyonnais à chaque action. Après la pause, il devient même intenable. Et cela rend dingue Hugo dans ses cages.

– Mais empêchez-le de tirer, crie le jeune gardien en direction de ses coéquipiers. Il va finir par marquer.

Trop tard. Le ballon est déjà parti. Une frappe enroulée qui prend tout droit la direction de la lucarne. Les Bordelais vont passer devant. Le stade retient son souffle. La plupart des autres gardiens auraient laissé filer le ballon au fond des filets, mais pas Hugo. L'ancien Niçois n'a pas dit son dernier mot, pas fait son dernier geste. Même si tout le monde pense que c'est sans espoir, il se détend de tout son long et repousse la balle in extremis en corner.

– Ooooooooooooooohhhhhhh...

Dans le stade Chaban-Delmas, les supporters des deux camps applaudissent cette parade insensée.

– Joli ! dit Cris en tapant dans la main de son jeune gardien.

– Incroyable ! Je ne savais pas que l'on avait recruté Spider-Man ! lance Anthony Réveillère.

– Tu ferais mieux de l'empêcher de tirer au lieu de dire des bêtises, répond Hugo, légèrement énervé par la passivité de son latéral.

– C'est juste pour te donner confiance, tu sais, répond le défenseur en souriant. Pour te faire briller. Je te signale que Raymond Domenech est dans les tribunes. Alors tu ferais mieux de me remercier au lieu de râler.

Il a raison. Dans les tribunes, le sélectionneur des Bleus

apprécie le talent d'Hugo à sa juste valeur. Le jeune gardien marque des points, beaucoup de points.

Grâce à lui, les Lyonnais résistent jusqu'au coup de sifflet final. Mais il faut un vainqueur. Le sort du match va se décider à pile ou face, à la loterie des tirs au but ou plus exactement sur le talent des tireurs et des goals. Hugo est en feu mais Ulrich Ramé, le gardien des Girondins, est aussi une pointure.

La séance fatale commence très bien pour les Gones. Hugo a une bonne intuition et repousse des pieds le premier tir de Cavenaghi.

– Bien joué, le petit nouveau, lui glisse gentiment Karim Benzema qui s'apprête à tirer et à marquer sans trembler.

Tout va bien pour l'OL, les Lyonnais réussissent leurs trois premiers tirs au but. C'est au tour du Bordelais David Bellion de s'avancer.

Hugo le voit arriver du milieu de terrain, il court. Le jeune gardien sait que ce n'est pas la marque d'une grande confiance. On a l'impression que le Bordelais veut se débarrasser le plus vite possible de son tir au but. Que la pression est trop forte pour lui. Hugo sent tout de suite qu'il peut prendre le meilleur. Le Girondin pose le ballon sur le point de pénalty et prend quelques pas d'élan. Sur sa ligne, Hugo décrypte chacun de ses gestes.

Il n'a pas osé me regarder dans les yeux, pense-t-il. *C'est bon signe.*

L'attaquant des marine et blanc s'élance. Sa course est analysée par Hugo :

Il va tirer sur sa droite, c'est sûr.

Il prend sa décision en une fraction de seconde et se détend de toutes ses forces vers son poteau gauche. Bingo ! Il repousse le ballon du bout des gants.

– Yeeeeeeessss !

Le tout nouveau gardien des Lyonnais peut serrer les poings. Deux tirs au but arrêtés dans la même séance, c'est du très haut niveau.

Le titre ne peut plus échapper à l'OL. Il suffit de marquer une fois sur les deux prochaines tentatives. Hugo rêve de ce moment depuis des mois, des années ! Le banc lyonnais est prêt à bondir. Un tir au but réussi et l'OL repart avec la coupe ! C'est Govou qui s'avance, l'un des plus habiles dans cet exercice. Mais contre toute attente, Sidney fait une mauvaise blague. Il échoue sur Ramé et les Bordelais marquent dans la foulée ! Heureusement pour les Lyonnais, il leur reste un coup d'avance. Fabio Grosso s'avance vers le ballon. Hugo se souvient que son défenseur avait réussi le dernier tir au but qui a offert la Coupe du monde à l'Italie contre la France en 2006, et c'était une autre pression, encore plus grande, sur les épaules ! S'il réussit sa tentative, c'est gagné.

– Mais non ! Ce n'est pas vrai, hurle Hugo.

Le tir de l'Italien s'est perdu dans les tribunes ! Tout est à refaire. Les tireurs suivants des deux équipes marquent sans trembler. Cela devient tendu. Désormais, la moindre erreur va se payer cher.

– Allez Hugo, encore un arrêt *por favor*, lance Cris.

Souleymane Diawara approche tranquillement du point blanc et embrasse le ballon avant de le poser sur la pelouse. Face à lui, Hugo a envie de réussir l'exploit. Trois tirs au but arrêtés, ce serait des débuts plus que parfaits ! Il bouge sur la ligne, fait des pas de côté pour troubler le grand défenseur bordelais. Mais rien n'a jamais intimidé le géant Souleymane. Il fait quelques pas en arrière et frappe le cuir comme si sa vie en dépendait. Hugo n'a pas le temps d'esquisser le moindre geste. Le ballon a déjà fait trembler les filets en pleine lucarne.

Trop bien tiré, pense Hugo, presque admiratif. *Je n'avais aucune chance de le toucher, celui-là.*

Les Bordelais repassent devant. Les Lyonnais n'ont plus le droit à l'erreur. Heureusement, c'est à Cris de tirer, le capitaine imperturbable, le policier de choc...

Au tour d'Hugo de lui mettre une petite pression :

– Allez Cris, un boulet *por favor*, glisse-t-il à son capitaine en souriant.

Curieusement, Hugo a un mauvais pressentiment, il préfère se retourner. Ne pas regarder le tir de son défenseur préféré. Cris s'élance. La joie des Bordelais et les têtes grimaçantes de ses coéquipiers lui suffisent pour comprendre. La frappe de son capitaine est partie directement dans les nuages. Hugo la verra dans le résumé qui passera à *Téléfoot* le lendemain. Comme la tête d'Ulrich Ramé, le gardien des marine et blanc, stupéfait de ce tir totalement raté.

Dans l'avion qui ramène les Lyonnais vers l'aéroport de Lyon-Satolas, le nouveau gardien lyonnais est assis à côté de Sidney et il ne cesse de penser à ce nouvel échec :

J'en ai marre. Une Coupe de la Ligue perdue, un Trophée des champions perdu... Ça ne s'arrête jamais la spirale des défaites pour un titre ?

Il repense aux mots de Sidney avant le match et lui lâche :

– Tu as raison, je suis peut-être le chat noir !

– Mais qu'est-ce que tu racontes ? répond l'international, un peu embêté par sa mauvaise blague. Tu as été le meilleur Lyonnais et de très loin…

– Tu exagères…

– Pas du tout. Et je te rappelle que j'ai raté mon tir au but ! On n'est pas encore bien rodés mais on va continuer à gagner… je te l'assure. Ici, c'est comme ça.

Une chose sûre, pour aller décrocher un 8e titre, Lyon devra serrer les dents et ressortir ses griffes.

Chapitre 12

PREMIÈRE SÉLECTION

Le téléphone d'Hugo sonne. C'est Raymond Domenech, le sélectionneur des Bleus. Hugo l'a rencontré plusieurs fois quand il était dans les équipes de France jeunes. C'est un vrai personnage, adoré par les uns pour son franc-parler, détesté pour les autres pour ses provocations.

– Bonjour Hugo, c'est Raymond Domenech. Je ne te dérange pas ?

– Pas du tout, répond le gardien de l'OL, un peu surpris par cet appel inattendu. Je viens juste de rentrer chez moi après l'entraînement avec Joël Bats, vous savez, le coach des gardiens…

– Ah ! ah ! pas la peine de le préciser, je le connais

super bien. J'ai même joué contre lui et crois-moi, ce n'était pas facile de marquer.

– C'est encore vrai aujourd'hui.

– Cela ne m'étonne pas. Mais je ne t'appelle pas pour parler de Joël.

– Je vous écoute, Raymond.

– J'ai deux infos pour toi. Une bonne et… une bonne ! Et je veux te les annoncer moi-même…

Deux infos ?

Bizarre, se dit Hugo qui se doute bien que cela concerne l'équipe de France. Mais le sélectionneur des Bleus ne lui laisse pas trop le temps de réfléchir.

– Primo, j'ai décidé de te convoquer pour le prochain stage de l'équipe de France avant le match amical contre l'Uruguay.

– Génial, merci beaucoup.

– Tu le mérites. J'ai confiance en Steve Mandanda mais j'ai besoin d'un autre gardien de haut niveau pour le futur. Et secundo…

– Oui… ?

– Secundo… c'est toi qui seras titulaire pour le match.

– …

– Qu'est-ce que tu en penses ?

– …

– Allô ? Tu es toujours en ligne, Hugo ?

Le jeune gardien est bien là, mais il a le souffle totalement coupé par l'émotion. Il reste sans voix quelques instants.

– Je suis tellement heureux, arrive-t-il enfin à articuler… Merci pour ta confiance.

– Tu me remercieras sur le terrain. Rendez-vous dans une semaine à Clairefontaine, conclut Domenech avant de raccrocher sans lui laisser le temps de placer un autre mot.

Hugo n'en revient pas.

– International. Je vais être international, murmure-t-il à Marine qui attend à côté de lui.

– J'avais compris, tu sais… Il suffisait de voir ta tête, dit-elle en riant. Bravo Hugo, tu es ma star.

– Il ne faut pas que je laisse passer cette chance…

– Ce n'est pas ton genre et je suis bien placée pour

le savoir... Souviens-toi de notre rencontre. Tu avais un déjeuner pour me séduire et tu as réussi !

– Oui, enfin, ce n'est pas tout à fait pareil, s'amuse Hugo. Et je crois que c'est plutôt toi qui n'as pas laissé passer ta chance, rajoute-t-il en l'embrassant.

Il y a vraiment une place à prendre. Depuis son titre au championnat d'Europe en 2000, l'équipe de France n'est plus que l'ombre d'elle-même. Les Bleus de Domenech sortent d'un Euro catastrophique où ils ont terminé derniers de leur groupe. Les Français n'ont plus d'immense gardien depuis le départ de Fabien Barthez. Alors, pourquoi ne pas essayer Hugo ?

19 novembre 2008.

Pour son retour au Stade de France, Hugo n'envisage que la victoire. Il aime son pays du fond du cœur et il veut faire honneur au maillot bleu.

Ce jour-là, un autre petit nouveau débute aussi sous le maillot tricolore. Il s'appelle Steve Savidan, il est l'attaquant du stade Malherbe de Caen et c'est un extraterrestre dans ce petit monde de stars. Steve était encore amateur quatre ans plus tôt et complétait sa paie de footballeur par un travail d'éboueur ou de serveur dans des bars.

– Alors c'est toi, la petite merveille du football français ? lance-t-il au jeune gardien lyonnais dans la salle à manger de Clairefontaine.

– Non, non, moi c'est Hugo. Tout simplement. Et je suis là pour apprendre.

On ne peut pas imaginer deux personnalités plus différentes que les deux bleus des Bleus. L'attaquant est une pile électrique. Il aime discuter, rire, provoquer en permanence. Hugo est imperturbable, il donne l'impression que rien ne le touche. Ce n'est pas tout à fait exact. Il regarde tout, écoute tout. Il a décidé de profiter de chaque moment de ce séjour à Clairefontaine pour découvrir le plus haut niveau, pour grandir.

Lors de chaque causerie, il écoute avec attention les tauliers de l'équipe, Nicolas Anelka, Franck Ribéry, l'amuseur n°1 des Bleus, et surtout le capitaine, le grand Patrick Vieira, qui l'impressionne beaucoup avec sa voix grave :

– N'oubliez pas, les gars. On a un statut désormais. Grâce à Zizou, à Barthez, on a une étoile sur notre maillot. On doit la respecter !

Grâce à lui aussi..., pense Hugo. *Il l'a remportée avec eux, cette Coupe du monde 98.*

Pat est trop modeste pour parler de lui. Hugo apprécie l'humilité de ce joueur hors norme qui l'a fait rêver avec les Bleus et avec Arsenal.

Juste avant de sortir du tunnel qui mène au terrain, le grand Pat se rapproche de lui et lui glisse à l'oreille des mots de capitaine :

– On a été des centaines à débuter avec ce maillot mais seuls quelques-uns l'ont porté des dizaines de fois. Je crois que tu vas faire partie de la deuxième catégorie, Hugo. Mais c'est à toi de nous le prouver. À nous et aux millions de Français qui nous regardent.

Voilà une belle pression positive. Mais capitaine Pat la fait tout de suite retomber en lui donnant une grosse tape dans le dos :

– Rassure-toi, tout va bien se passer.

Hugo s'élance vers la lumière. Il veut profiter à 1000 % de cette première sélection. Une clameur folle l'accueille. Il est rentré dans une autre dimension. Quelle émotion quand *La Marseillaise* est reprise en chœur par les supporters ! Hugo est placé entre son capitaine et Thierry Henry, deux champions du monde, deux des plus grands joueurs français de l'histoire.

Je vais garder les buts de l'équipe de France, se dit Hugo sans trop y croire. *Tu aurais été fière de moi, maman.*

C'est parti, l'arbitre suisse siffle le coup d'envoi.

Dès les premiers échanges, Hugo est impressionné par la vitesse de Forlán et de Suárez, les deux attaquants de pointe uruguayens.

Heureusement que ma charnière centrale est solide, se dit le nouveau Bleu. *Avec Mexès et Gallas, je suis tranquille. Et si, par malheur, je prends un but, notre attaque est dingue avec Ribéry, Gourcuff, Henry et Anelka.*

Pour l'instant, ce sont les joueurs de la Celeste qui multiplient les décalages à cent à l'heure. À la 22e minute, une frappe sèche de Rodríguez, un ex du PSG, file au ras du montant droit des buts d'Hugo. Quatre minutes plus tard, Peirera prend sa chance de loin, c'est largement au-dessus.

– Si c'est dedans, c'est pareil. Tu dors ou quoi, Pat ? hurle le nouveau gardien des Bleus.

Il faut du culot pour parler comme ça à Patrick Vieira, mais pendant les matchs Hugo n'a peur de personne. C'est un compétiteur.

Les Uruguayens continuent à faire le siège du camp français. Les joueurs de la Celeste essaient d'intimider leurs adversaires sur chaque intervention. Tirages de maillots, coups d'épaule, tacles appuyés… les Sud-Américains sont fidèles au style rugueux qui a fait la réputation de leurs aînés. Ils sont aussi très talentueux, très créatifs. La France souffre pendant toute la première période, mais Hugo n'est pas vraiment mis en danger.

– J'aurais pu jouer dans les buts, lui lance même Franck Ribéry en rentrant dans les vestiaires à la mi-temps.

– C'est vrai, cela se passe plutôt bien pour l'instant.

– Je te l'annonce, ils ne vont jamais trouver le cadre. T'as la chance du petit nouveau.

– J'espère que tu as raison.

– J'ai toujours raison, petit, rétorque Frankie, mi-rigolard, mi-inquiétant.

On ne sait jamais trop avec lui.

Dès le début de la seconde période, les Uruguayens continuent de presser. À l'entrée de la surface, Suárez enroule le ballon du pied droit. Son missile passe juste à l'extérieur des buts français. La prophétie de Franck semble se réaliser.

Ce n'est pas terminé, se dit Hugo, toujours concentré. *Je dois rester vigilant sur chaque ballon.*

C'est une bonne idée.

À peine entré en jeu à la place de Suárez, Abreu sème la panique dans la défense française, son tir effleure le cadre. Et ce n'est pas terminé…

Corner pour l'Uruguay ! Valdez frappe sa tête quasi à bout portant. Le ballon file dans les cages françaises mais Patrick Vieira repousse sur la ligne. Quel sauvetage !

– Tu vois que je ne dors pas, Hugo !

– Merci Pat, t'es le plus fort. Désolé pour tout à l'heure.

Ce sera la dernière alerte. Les deux équipes se séparent sur un match nul logique.

À 21 ans, Hugo a réussi son entrée chez les Bleus.

– Beau travail ! le félicite Raymond en lui donnant une accolade à la sortie du terrain.

– Je n'ai pas eu grand-chose à faire.

– Tu l'as bien fait et c'est l'essentiel.

Le sélectionneur n'a pas encore changé sa hiérarchie mais Hugo a grimpé quelques échelons. Il le sent.

Le reste de sa saison est aussi parfaite. Le gardien de

l'OL multiplie les exploits et remporte le titre de meilleur gardien du championnat de France devant… Steve Mandanda.

Il y a quand même une petite réserve dans ce bilan flatteur. Exceptionnellement, Lyon n'a gagné aucun trophée cette année après une série de sept titres de champion de France consécutifs !

Et si Hugo était vraiment le chat noir ?

Il s'en confie à Junhino, « le roi Lyon », le meilleur joueur du championnat depuis plusieurs saisons. C'est un gentleman et un modèle pour Hugo qui l'adore. Le Brésilien a annoncé son départ et tout le club est très triste. Depuis huit ans, il guide l'équipe par ses coups de patte magiques et son sens du jeu.

– Je peux te demander quelque chose, Juni… ?

– Bien sûr.

– Explique-moi pourquoi Lyon ne gagne plus depuis que je suis arrivé, soupire Hugo. J'ai signé à Lyon pour gagner de grandes compétitions.

– Ce n'est pas ta faute. Tu es un excellent gardien, au moins aussi fort que Greg, répond le stratège brésilien.

Ce n'est pas un petit compliment.

– Alors, tu crois que je peux remporter un titre un jour ?

– Je n'ai aucune inquiétude à ce sujet. Tu vas le faire, très vite.

– C'est sympa.

– Tu as d'autres questions ?

– Heu oui… c'est quoi ton vrai nom, en fait, Juni ?

– Antônio Augusto Ribeiro Reis Júnior, mais parfois on me surnomme Juninho Pernambucano.

– Ah OK… eh ben, on va garder Juni si cela ne te dérange pas.

Chapitre 13

UNE BELLE CAMPAGNE EUROPÉENNE

Et si le titre était pour cette année 2010 ? Et si c'était le plus beau des trophées pour un club ?

Hugo et ses coéquipiers sont en train de faire un parcours de dingue en Ligue des champions. Le tirage ne les a pourtant pas épargnés. Pour les 8es de finale, c'est même le gros lot : le Real Madrid se dresse sur la route des petits Gones ! Depuis l'origine, le club a gagné neuf victoires dans cette compétition alors que tous les clubs français réunis n'en ont remporté qu'une !

Les journalistes ne sont pas tendres quand ils comparent les deux effectifs :

– L'équipe de Claude Puel a fière allure avec Lloris, Toulalan, Pjanić, Govou ou Lisandro. Mais comment faire le poids face à une équipe qui aligne Casillas, Sergio Ramos, Xabi Alonso, Kaká ou Cristiano Ronaldo ?

Sans oublier Karim Benzema ! L'attaquant international formé à l'OL a rejoint le Real Madrid l'été dernier.

Le match aller a lieu à domicile, dans le vieux stade Gerland. En première période, Hugo et ses coéquipiers sont totalement dominés. Mais au football, ce n'est pas toujours le plus fort qui gagne. Une centaine de secondes après la reprise, Jean Makoun tente sa chance des 30 mètres en espérant atteindre la lucarne de Casillas. Jackpot ! Le meilleur gardien du monde se détend mais ne parvient pas à détourner le missile. Un but venu d'ailleurs. Gerland est en feu. L'entraîneur madrilène Manuel Pellegrini n'apprécie pas. Il fait rentrer Benzema pour réveiller l'attaque madrilène.

– Sois gentil avec nous, Karim, lui lance Sidney Govou quand il rentre sur le terrain.

– Que le meilleur gagne, lui répond son ami avec un clin d'œil.

Les joueurs marquent souvent contre leur ancien club, mais pas ce soir. Au bout d'un match bien maîtrisé, l'OL remporte une victoire inespérée.

Dans les vestiaires, les Gones exultent, tout le monde parle en même temps :

– Maintenant, le plus dur reste à faire. Il faut valider notre billet pour les quarts de finale à Santiago-Bernabéu, commence Cris, toujours prudent.

– Il ne faut pas avoir peur, jouons notre jeu, ose Hugo.

– Le petit nouveau a raison. On peut réussir l'exploit… 1-0, ce n'est pas si mal, poursuit Sidney. Il suffit d'inscrire un tout petit but chez eux et après… tout peut arriver.

– C'est moi qui vais marquer au retour, je vous préviens, lance Pjanić.

– Il faudrait déjà que tu sois titulaire ! répond Cris pour le taquiner.

Claude Puel est le seul à ne rien dire, le coach a trop d'expérience. Rien n'est fait, surtout face à cette impressionnante armada espagnole. Mais il apprécie la joie de son vestiaire. Un groupe heureux et soudé, c'est bon signe. Il lui reste quelques jours pour préparer la rencontre et faire baisser l'excitation.

Dans leur vestiaire, les Madrilènes sont encore plus confiants. Après cette courte défaite, ils se voient déjà en quart et ne se privent pas de le dire aux journalistes espagnols qui les ont suivis à Lyon.

– Je pronostique un 3-0, fanfaronne Sergio Ramos.

– Ils ont des bons petits joueurs mais nous avons Cristiano. Le meilleur du monde, rajoute Casillas en donnant au passage un petit coup de griffe aux ennemis barcelonais, qui ne jurent que par Lionel Messi.

– Contrairement au Real, Lyon n'est pas un grand club d'Europe, estime de son côté l'exubérant Guti.

Il n'a pas entièrement tort. Le Real fait partie du club des plus grands clubs européens avec Barcelone, le Milan AC, Manchester United ou le Bayern Munich. Mais il ne faut jamais mésestimer un adversaire, jamais l'humilier, même quand on compte deux ballons d'or dans son effectif avec Cristiano Ronaldo et Kaká.

Côté lyonnais, on n'apprécie pas vraiment l'orgueil démesuré et déplacé des Madrilènes. Chaque jour, *Marca*, *As* et *El Mundo Deportivo* font leur « Une » sur l'élimination annoncée des Lyonnais. En découvrant ces articles dans l'avion qui survole les Pyrénées en direction de la capitale espagnole, Hugo ne décolère pas :

– Ils nous manquent de respect. Ils nous prennent de

haut. C'est bien beau de parler, mais ils vont devoir prouver sur le terrain…

En entrant dans les vestiaires avant le match, les Lyonnais ont une surprise, préparée par Lisandro, leur petit meneur argentin. Il n'est pas très bavard, il ne parle même pas français, mais il a écrit une lettre à ses coéquipiers. Elle est traduite par Cris, le capitaine brésilien aussi doué en espagnol qu'en français.

– On est capables de se qualifier si on est solidaires. Si on montre notre envie, si on les regarde dans les yeux. L'important n'est pas de gagner ou de perdre mais de jouer avec honneur. Surtout ne pas avoir de regrets !

Ses mots sont forts. Ils touchent le cœur de chacun. Les Lyonnais sont chauffés à blanc en entrant dans le couloir qui débouche sur la pelouse du stade Santiago-Bernabéu.

– T'as vu Jérémy, ils n'ont même pas titularisé Karim ! dit Hugo en découvrant les 11 Madrilènes dans le couloir.

– Non seulement ils sont arrogants mais ils sont fous, répond Toulalan. Profitons-en.

Malheureusement, le début du match est plus difficile que prévu. Hugo se rend vite compte que les joueurs du Real sont en forme. Ils prennent les « petits Lyonnais » à la gorge dès la première minute de la rencontre. Cristiano Ronaldo fait vivre la pire soirée de sa vie à Anthony Réveillère.

– Attention Tony, ne te laisse pas embarquer, crie Hugo. Surveille-le, ne le lâche jamais !

Mais comment arrêter l'un des meilleurs joueurs de l'histoire ? Grigris, passements de jambes, crochets de fou, il est intenable. À la 6e minute, l'imprévisible Guti le lance sur le côté gauche de l'attaque. Dès le départ, Hugo sent le danger. Une poignée de secondes plus tard, la star portugaise a déjà semé Cris et il arrive comme une fusée à gauche des buts.

Il est trop loin, je ne peux pas sortir, estime Hugo. *Je dois fermer l'angle, c'est ma seule chance.*

C'est la bonne décision. Mais le numéro 9 portugais n'est pas le Ballon d'or 2008 pour rien. D'un coup de patte de félin, il glisse le ballon entre les jambes du gardien lyonnais et va fêter son but avec les supporters. Hugo n'est pas content, il n'a pas été assez décisif sur l'action. Personne n'a été assez décisif. On a l'impression d'assister à un match entre des seniors et des juniors !

– J'en ai marre ! Si vous me laissez seul face aux attaquants, je ne peux rien faire ! crie Hugo à ses défenseurs.

– On fait ce que l'on peut, s'énerve Cris.

– Eh bien, essayez de pouvoir faire un peu plus, répond le jeune gardien, les yeux noirs.

La défense lyonnaise est aux abonnés absents. Hugo doit faire des miracles. Il dévie en corner une tentative de près de Xabi Alonso, repousse un tir de Ronaldo et dégage en urgence devant Kaká. À la 26e minute, Gonzalo Higuaín a même le sort du match entre les pieds. L'attaquant argentin dribble Hugo avant de tirer sur le poteau. Le but était pourtant grand ouvert.

Incroyable.

– Pff, souffle Cris. Heureusement que Karim est sur le banc des remplaçants. Il n'aurait pas raté une occasion comme ça, lui.

– C'est un signe, dit Hugo. Il ne peut rien nous arriver de grave ce soir.

C'est vite dit. Les attaques madrilènes continuent à s'approcher des buts de l'OL comme des vagues un jour de tempête. Grâce à Hugo, les Lyonnais parviennent à conserver le score jusqu'à la mi-temps. Un vrai miracle.

Mais il faut faire quelque chose, innover, changer de stratégie. Sinon, l'OL n'a aucune chance.

Le coach Claude Puel fait le nécessaire pendant les quinze minutes de la mi-temps et la deuxième période est bien meilleure. Dans l'arène madrilène en fusion, les Gones placent même quelques banderilles. Les Madrilènes s'énervent, veulent marquer trop vite un deuxième but et multiplient les pertes de balle. Les Lyonnais en profitent. À la 60e minute de jeu, Lisandro fait une remise en une touche sur Pjanić lancé comme une bombe. Le petit Bosnien ne prend même pas le temps de réfléchir. Il fusille Iker Casillas. Le géant espagnol est à terre.

Buuuuuuuuuuuuuuuuuuuuuuuuuuutttttttttttttt !

– Tu es un génie ! crie Lisandro en accourant pour serrer le buteur dans ses bras.

– C'est grâce à toi, Licha, ta remise était parfaite.

Il aimerait remercier encore plus le passeur mais tous les Lyonnais se sont jetés sur lui pour le féliciter. Hugo adorerait participer à cette fête.

C'est le seul mauvais côté du poste de gardien de but, pense-t-il. *On est trop loin des buteurs de son équipe pour leur sauter dans les bras !*

Il est si heureux qu'il entame quand même une petite danse de la victoire. Si ses calculs sont bons, les Madrilènes doivent marquer deux fois en 15 minutes. Mission quasiment impossible, mais il doit quand même rester attentif. Verdict : le score ne bouge pas et Lyon élimine le grand Real !

Hugo est fou de joie, Lyon est en demi-finale ! Il va peut-être enfin accrocher un titre majeur à son palmarès. Cela se passe très bien à Lyon. Il est indiscutable dans les buts et il commence à prendre du poids dans l'équipe. La preuve ? C'est lui qui va répondre aux journalistes.

– On n'est pas passés loin du désastre. Après le premier but de Madrid, ils ont pris trop de confiance et on a reculé. Mais le coach a changé de système à la pause et on a été bien plus efficaces. Au final, la victoire est méritée.

– C'est aussi grâce à vos arrêts.

– C'est mon travail, j'essaie de le faire au mieux.

Chapitre 14

OBJECTIF LIGUE DES CHAMPIONS ?

Quel exploit ! Le club rhodanien a renversé la montagne espagnole !

– On peut viser les demi-finales si on a un bon tirage, ose Lisandro, le petit meneur argentin.

– Et si on visait plus haut que ça ? répond Hugo. Pourquoi ne pas gagner carrément la Ligue des champions ?

Hugo est sûr de lui car il a confiance dans ses coéquipiers. Ils sont motivés comme jamais et parfaitement imprévisibles. Le danger peut venir de partout, l'OL est capable de tout.

– Il reste quand même de sacrées équipes, tempère Toulalan, l'homme qui ne s'enflamme jamais. Le Bayern, l'Inter…

– Tu es un vrai extincteur de rêve, toi ! le taquine Hugo. On verra bien, de toute façon. Mais pourquoi avoir peur ? On vient d'éliminer le grand Real ! On ne va pas s'arrêter là, les gars.

Le tirage au sort leur offre un quart de finale à leur portée. Ils seront opposés à leurs meilleurs ennemis bordelais, ceux qui leur ont ravi le titre de champion de France 2009. Les Lyonnais remportent difficilement le duel franco-français et se qualifient pour les demi-finales. Les voilà dans le dernier carré. À ce niveau-là, difficile d'espérer rencontrer une équipe faible et inexpérimentée, ce n'est pas la Coupe de France. Le tirage est encore plus difficile que prévu : l'OL tire le Bayern Munich, quadruple vainqueur de l'épreuve ! Après quelques années de demi-sommeil, les Allemands reviennent en force. Et ils sont ravis de tomber sur le Petit Poucet des demi-finales.

À l'aller, en Bavière, le match est aussi équilibré que tendu. Ribéry et Toulalan sont expulsés tour à tour. Match nul en ce qui concerne les cartons rouges. Côté football, les Allemands sont de plus en plus pressants. Il reste 20 minutes à tenir, cela va être très long. Très discret depuis le début du match, Arjen Robben commence à se montrer de plus en plus, c'est inquiétant.

Cela n'a pas échappé à Hugo. Il comprend que l'attaquant néerlandais va réaliser ce qu'il fait à chaque match. Il n'a qu'une même feinte : débordement, crochet pour revenir vers le cœur du jeu et frappe enchaînée.

– Attention, il va tirer !

Hugo a vu juste. L'attaquant bavarois décoche sa frappe du gauche des 30 mètres… Il y a trop de monde devant le gardien de but lyonnais.

– Je ne vois rien, attention !

Trop tard. Il se détend au dernier moment mais il est battu… 1-0. Il a l'impression d'avoir déjà vu ce film dix fois.

– Mais ce n'est pas possible ! râle le gardien lyonnais qui pique une terrible colère contre ses défenseurs. Je vous avais prévenus. On l'a vu faire ce geste 100 fois !

Et ce n'est pas fini. Il doit multiplier les parades pour maintenir l'équipe à flot et le score à 1-0. Lyon s'en sort bien mais Hugo n'a toujours pas retrouvé son calme dans les vestiaires. Il s'est assis dans un coin pour reprendre ses esprits. Il n'a pas envie de partir en vrille, mais cela bout dans son cerveau. Ça se voit à son regard noir.

– Tu nous as sauvés, Hugo…

Jean-Alain Boumsong, l'intello de l'équipe, essaie de lui remonter le moral. Ce n'est pas une bonne idée, ou alors, ce n'est pas le bon moment. La réponse de son gardien ne se fait pas attendre et elle n'est pas très sympa :

– On a perdu. Et au match retour, j'aimerais bien ne pas avoir une défense en carton comme aujourd'hui.

Il est ainsi fait, Hugo. Un coéquipier parfait, un gendre idéal, un joueur fairplay… mais quand il a des choses à dire, il ne passe pas par quatre chemins et laisse s'exprimer sa frustration. Le lendemain, la colère est déjà retombée. Finalement, ce score n'est pas si handicapant. Les Lyonnais ont évité la catastrophe. La marche est haute mais ils commencent à croire à la finale.

– C'est maintenant ou jamais, annonce Hugo à Marine avant de partir rejoindre ses coéquipiers au stade. On va le gagner, ce match retour.

– Je ne t'ai jamais vu aussi sûr de toi…

– Une intuition…

Mais au stade Gerland, les joueurs du Bayern sont

encore plus impressionnants qu'à Munich. Le Croate Ivica Olić, le remplaçant de Ribéry, est en feu. C'est sa soirée, le match de sa vie ! Il signe un triplé et le Bayern humilie les Lyonnais à domicile. Clap de fin. Quelle désillusion...

Le rêve de finale européenne est brisé. Mais le parcours a été magique, et Lyon est logiquement tombé contre plus fort que lui. Dans les vestiaires, le président Aulas sait trouver les mots pour consoler ses joueurs.

– Vous êtes tristes et déçus mais vous pouvez être fiers de vous. Vous êtes les premiers Lyonnais à être arrivés dans le dernier carré de la plus prestigieuse des compétitions de football.

– Pour le président... Hip ! hip ! hip ! hourra ! lance le tout jeune Max Gonalons.

– L'année prochaine, on ira plus loin encore ! prédit le président.

En rentrant du stade Gerland, Hugo retrouve la jolie Marine qui l'attend pour le consoler. Elle a regardé le match à la maison.

– Ils étaient trop forts, ces Allemands ! Il n'y a pas de regrets à avoir, Hugo. Tu as fait le maximum.

– Le maximum, c'est de gagner.

– Parfois ce n'est pas possible, tu le sais. C'est la loi du sport.

– Je commence à me demander si je vais gagner un titre un jour. Heureusement, dès que je te vois, je me sens mieux.

Marine est devenue essentielle pour Hugo. Elle est intelligente, douce, sensible. En un mot, adorable. Très gentiment, la jolie brune ne fait pas du tout allusion à l'intuition de l'homme de sa vie, persuadé de se qualifier avant le match. Et puis une défaite, ce n'est pas si grave. Hugo a un autre objectif dans les prochains mois… Raymond Domenech lui a promis la place de titulaire pour la Coupe du monde qui a lieu l'été prochain en Afrique du Sud. Encore une belle fête en perspective !

Chapitre 15

PREMIÈRE COUPE DU MONDE

En 2010, Hugo remporte le titre de meilleur gardien de la Ligue 1 pour la deuxième fois d'affilée. Impérial à l'OL, titulaire en équipe de France, il a les cartes en mains pour devenir l'un des meilleurs gardiens de la planète. Et il est bien décidé à le prouver lors de sa première Coupe du monde.

Les Français se sont qualifiés dans la douleur en éliminant l'Irlande en barrages après une grossière erreur d'arbitrage. Un but de Gallas en prolongation après une main de Thierry Henry évidente pour tout le monde… sauf pour l'homme en noir ! Il n'y a pas de quoi être fiers.

Au mois de décembre, le tirage au sort qui détermine la composition du groupe du premier tour est très favorable aux Bleus : France, Uruguay, Mexique, Afrique du Sud… Il y a pire ! Hugo suit le tirage au club-house de l'OL avec Jérémy Toulalan, Sidney Govou et Anthony Réveillère, les autres sélectionnés du club.

– Yeees, on est qualifiés pour les 8es de finale, lance Sidney, toujours optimiste.

– On ne sait jamais, attention, tempère Jérémy. Mais on évite un groupe de la mort, c'est déjà pas mal.

– En tout cas, j'ai hâte d'aller au pays de Mandela, dit Hugo.

– Et du *Waka Waka* de Shakira, ajoute Sidney.

– N'importe quoi !

– Oh, je n'invente rien, c'est la chanson officielle de la Coupe du monde, les gars…

– Enfin, on a l'impression que tu es plus intéressé par l'interprète que par la chanson, non ?

– On ne peut jamais rien te cacher, Hugo, répond Sidney dans un éclat de rire.

Les Bleus arrivent en Afrique du Sud avec des rêves de victoire. En 2006, la finale perdue contre l'Italie aux tirs au but a laissé trop de regrets. Quatre ans plus tard, les Français visent le titre ou rien.

Pour le baptême du feu de sa première Coupe du monde, Hugo retrouve les Uruguayens. Le match est très moyen, comme souvent lors des premières rencontres des Mondiaux. Les Bleus décrochent un nul correct, sans marquer, ni encaisser de buts. Hugo n'a rien à se reprocher. Il a eu deux arrêts à faire et il les a faits. Les dizaines de millions de fans français sont un peu frustrés par ce résultat mais ils sont persuadés que l'équipe va monter en puissance au fil des matchs. Ils ignorent que la situation est très tendue dans le groupe France. Il y a des clans et les tensions sont palpables entre certains joueurs et le sélectionneur. L'équipe aussi est divisée. Le talent de Yoann Gourcuff est indéniable, mais sa personnalité introvertie ne plaît pas beaucoup à Ribéry et à certains anciens, ils veulent l'écarter. Hugo voit bien ces tiraillements, mais comment intervenir ? Il fait encore partie des petits nouveaux, personne ne l'écouterait. Seule la victoire peut ramener le calme dans cette équipe de France prête à exploser.

Deux jours après le nul contre les Uruguayens, les Bleus

affrontent le Mexique. Un match devenu essentiel pour la qualification. La première période n'est pas très brillante. Les deux équipes se quittent sur un 0-0. Ce n'est pas si mal. Mais les 15 minutes de la mi-temps sont terribles pour les Bleus. Dans les vestiaires, le ton est monté. Le sélectionneur a critiqué le jeu de Nicolas Anelka et l'attaquant de Chelsea ne l'a pas supporté. Il l'a injurié devant tout le monde.

– T'as qu'à la faire sans moi, ton équipe de merde ! J'arrête.

– C'est moi qui te sors ! réplique Domenech. Dédé, c'est toi qui joues la seconde période, lance-t-il à André-Pierre Gignac.

Aucun changement ne peut apaiser la situation. Le mal est fait. La deuxième mi-temps est catastrophique. Les Bleus sont touchés, coulés. Ils encaissent deux buts et perdent ce match capital. Rien à dire, c'est totalement logique. Et le pire est encore à venir.

– Il nous reste une petite chance de nous qualifier si on fait un carton contre l'Afrique du Sud, soupire Hugo à Sidney en rentrant à l'hôtel. Mais il ne faut pas que les tensions dans l'équipe soient connues à l'extérieur. Ce serait la catastrophe.

C'est la catastrophe !

Le lendemain matin, les injures de Nicolas Anelka font la « Une » du journal *L'Équipe*. L'attaquant est renvoyé le soir même en France. On croit l'incendie éteint, mais la situation est désormais totalement hors de contrôle.

Chapitre 16

TERMINUS, PERSONNE NE DESCEND !

20 juin 2010.

Trois jours après la débâcle contre le Mexique, les joueurs de l'équipe de France arrivent au stade d'entraînement de Knysna. Un grand message est écrit sur le côté de leur bus : « Tous ensemble vers un nouveau rêve bleu ». Il aurait été plus logique d'inscrire « Tous ensemble vers un nouveau cauchemar bleu ».

Hugo et ses coéquipiers vont saluer les supporters et signer des autographes par dizaines avant de remonter dans le bus. L'entraînement est-il décalé ? Est-il annulé par le staff ? C'est bien pire ! Les Bleus font grève devant les caméras du monde entier ! Ils refusent de sortir du bus, ils refusent de s'entraîner. Devant leur télévision, Luc et

Marine sont aussi choqués que les millions de Français qui suivent cet événement médiatique en direct.

– Mais ils sont devenus fous ? crie Luc. Depuis quand des milliardaires font grève ?

Pourquoi Hugo ne sort-il pas ? pense Marine, qui commence à s'inquiéter sérieusement.

Au bout de 40 minutes, Raymond Domenech sort du bus pour lire un communiqué des rebelles :

– Tous les joueurs de l'équipe de France, sans exception, souhaitent affirmer leur opposition à la décision prise par la Fédération française d'exclure Nicolas Anelka.

Comment est-ce possible ? Hugo fait donc partie des mutins ? Cela ne lui ressemble pas. Mais comment s'opposer à de fortes personnalités comme Patrice Évra, le capitaine, Franck Ribéry, totalement ingérable, ou encore Abidal, la star du FC Barcelone ? Même Thierry Henry, le rescapé de 1998, le meilleur attaquant de l'histoire du football français, ne bronche pas.

Le sélectionneur termine cette déclaration de guerre des joueurs par ces mots :

– En conséquence, et pour marquer leur opposition aux plus hautes instances du football français, l'ensemble des joueurs a décidé de ne pas participer à la séance d'entraînement.

Le point de non-retour est atteint, l'entraînement n'aura pas lieu. L'équipe de France s'est ridiculisée en mondovision !

– Ils sont tous devenus fous, commente Luc, effondré devant sa télévision.

La grève des Bleus à Knysna devient une affaire d'État. Missionnée par le président de la République, la ministre des Sports arrive dès le lendemain en Afrique du Sud pour sermonner les Bleus :

– Votre attitude est inacceptable. En portant ce maillot bleu, vous représentez la France. Quelle image voulez-vous que vos mères et vos enfants gardent de vous ?

Hugo est sous le choc, tête basse. Les caïds sourient.

22 juin 2020.

Les Bleus affrontent l'Afrique du Sud, le pays hôte le plus faible de toute l'histoire des Coupes du monde : 83e au classement FIFA. En voyant les joueurs de l'équipe de France réunis en cercle, juste avant le coup d'envoi, les fans espèrent un miracle. Mais ce n'est que du cinéma, ces Bleus ne s'aiment pas. Leur Mondial se termine sur une défaite humiliante face aux Bafana Bafana (1-2). Ils avaient annoncé la victoire ou rien... Ce sera rien. Ils quittent l'Afrique du Sud sans avoir gagné un seul match.

L'ancienne star Éric Cantona, un authentique rebelle, a des mots aussi durs que justes :

– C'est bien qu'ils partent de la Coupe du monde. Une semaine de plus et ils se mangeaient entre eux. On a évité le cannibalisme.

Comment a-t-on pu en arriver là ?

Hugo est dévasté par cette campagne sud-africaine. Il déteste tout ce qui s'est passé. Les défaites, la honte, le manque de patriotisme. Il s'en veut de ne pas être sorti du bus, de ne pas avoir réagi. Discrètement, il fait don de sa prime du Mondial à son club d'enfance de Cimiez. Grâce à cette somme rondelette, les éducateurs pourront transformer un parking en terrain de foot et renouveler tous les maillots des footballeurs en herbe.

– Merci, Hugo, grâce à toi les gamins vont pouvoir continuer à s'amuser et à progresser, le remercie Régis Bruneton, ému de revoir son ancien gardien de but débutant.

– C'est normal. Vous, les bénévoles, vous faites plus pour le football que n'importe quels joueurs de l'équipe de France. Surtout ceux du dernier Mondial ! Moi compris.

Chapitre 17

UN CAPITAINE QUI N'AIME PAS LA LUMIÈRE

Août 2010.

Juste après le fiasco de la Coupe du monde, le nouveau sélectionneur, Laurent Blanc, ne convoque aucun des 23 rebelles de Knysna pour le premier match des Bleus.

– C'est une sanction logique. Je l'accepte, bien sûr, répond Hugo à un journaliste.

Mais il espère au fond du cœur que la punition ne sera pas trop longue. Il aime trop ce maillot, et il veut laver la tache sud-africaine. Il n'a pas à attendre trop longtemps.

Dès le premier match des éliminatoires de l'Euro 2012, il retrouve sa place face à la Biélorussie. Et ce n'est pas la seule bonne nouvelle.

– Marine, j'ai eu Laurent Blanc au téléphone. Il me conserve dans le groupe.

– Je n'étais pas inquiète. Il connaît ton talent et ta personnalité.

– Tu es mignonne…

– Je sais, répond Marine en souriant. D'ailleurs, en parlant de personnalité, il devrait choisir un nouveau capitaine. Un titulaire indiscutable, par exemple. Un jeune talentueux avec la tête sur les épaules.

– C'est ce qu'il vient de faire.

– Quoi ?

– Choisir un nouveau capitaine…

– Ah, bon… c'est dommage, je te voyais bien en jeune capitaine talentueux.

– Eh bien justement… tu l'as en face de toi !

– Non…

– Si !

– Wahoooooou, bravo mon chéri !

– Je suis un peu jeune quand même.

– Ce n'est pas une question d'âge mais de tempérament.

Marine a raison. Mais quand même. Hugo n'a que 23 ans.

– Je porterai mon premier brassard à Wembley, tu te rends compte ! Un stade mythique…

– La classe…

– J'ai juste une petite angoisse…

– Petite ? Alors ça va, raconte.

– J'adore tenir ce rôle de leader sur le terrain et dans les vestiaires. Mais je vais aussi devoir répondre aux questions des journalistes avant et après les matchs.

– C'est obligatoire ?

– Oui, cela fait partie du job du capitaine. Et je ne sais pas trop comment faire…

– Eh bien, tu apprendras. C'est plus facile que de plonger dans les pieds d'un attaquant, non ?

– Pour moi, non !

Tout va bien se passer. Les Tricolores l'emportent 2-1 à Wembley. La 19e sélection d'Hugo, son premier capitanat, est assez tranquille. Il doit se coucher sur un coup franc de Steven Gerrard dans les premières minutes mais ce sera l'une des seules tentatives des Anglais. Grâce à Benzema et Valbuena, les Bleus mènent 2-0 avant que Crouch, rentré en fin de match, ne réduise le score. Hugo est impuissant face à la volée surpuissante de l'avant-centre de Tottenham. Heureusement, il ne reste que quatre minutes.

– Premier brassard et première victoire, bravo Hugo ! lui glisse Laurent Blanc dès la fin du match. C'est bon signe pour la suite.

Un compliment venu d'un champion du monde, cela fait toujours plaisir. Il est vrai que ce match amical n'est pas une victoire banale. Les Bleus n'ont gagné que deux fois en Angleterre depuis que le football a été inventé en 1863 !

Dans la salle de presse, pour sa première conférence de capitaine, Hugo se débrouille aussi comme un champion. Et pourtant, les journalistes anglais le titillent pour essayer de lui soutirer un scoop, une déclaration choc.

– Comment avez-vous vécu cette première sélection avec le brassard de capitaine ?

– Avec une immense fierté et sans trop de pression, répond le nouveau capitaine des Bleus.

– Vous n'avez pas tremblé ?

– Pas du tout. Et puis vous avez déjà la réponse puisque vous avez vu le match, réplique Hugo, imperturbable.

– Beaucoup pensent qu'un gardien ne peut pas être capitaine parce qu'il est loin des actions sur le terrain..., lance un autre reporter du fond de la salle. Il ne peut pas conseiller les joueurs, ni parler avec l'arbitre... Quel est votre avis ?

– Je ne suis pas d'accord. Je ne suis pas coincé dans ma cage. Et puis le rôle du capitaine dépasse les 90 minutes d'un match... Il faut aussi être un leader dans les vestiaires, à l'entraînement, dans la vie de tous les jours.

– Mais vous êtes beaucoup trop timide pour cela.

– Vous confondez la politesse et le manque d'assurance. Une chose est sûre, je ne juge pas les gens en quelques secondes... comme vous.

Hugo a mis les points sur les « i ». Comme toujours. Les journalistes anglais vont vite apprendre à le connaître encore mieux.

Chapitre 18

LONDON CALLING

29 avril 2019.

Quand on aime, on titille, on taquine. Surtout au lendemain des belles victoires.

– Tu vois que tu peux gagner un titre ! lance Gautier qui adore chambrer son grand frère. As-tu remarqué que moi, à 16 ans, j'y suis arrivé du premier coup ?

La veille, les deux frères Lloris ont joué au Stade de France. L'un après l'autre. Hugo a gagné la Coupe de France avec l'OL contre l'US Quevilly et quelques heures plus tôt, Gautier a remporté la Coupe Gambardella avec les jeunes de l'OGC Nice.

– T'enflamme pas trop, Gautier, tu n'étais même pas titulaire.

– Je suis dans le groupe, c'est pareil.

– Et question titres, puisque visiblement tu comptes la Gambardella, la coupe des minots, je te rappelle que quand tu étais en CM2, j'avais déjà gagné l'Euro des moins de 19 ans avec les Bleuets !

– Pas de quoi faire le malin, frérot. En tout cas, bravo pour ton titre, admet Gautier avant de rajouter avec sa malice habituelle : Un trophée glorieux gagné face à des amateurs !

C'est vrai que les Lyonnais ont battu l'US Quevilly en finale et le Gazélec Ajaccio en demi, deux équipes de National, la troisième division française.

– On n'a pas choisi, tu sais. Et pour arriver en finale, Quevilly a battu Marseille et Rennes.

– Mouais.

Pas terrible, la réplique du petit frère ! Hugo profite de son avantage pour en rajouter une couche :

– Et tu te souviens qui on a battu en quart ? Le grand PSG de Carlo Ancelotti ! Au Parc des Princes, en plus.

C'est fini, plus d'arguments du côté du petit frère. Hugo a gagné, une fois de plus.

Il est heureux. Faire des bons matchs, c'est une chose,

remporter des trophées, c'est autre chose, même face à des amateurs.

Quelle année magnifique ! Déjà parents de la jolie Anna-Rose depuis septembre 2010, Marine et Hugo se sont dit « oui » dans l'église Saint-François-de-Paule de Nice. Une cérémonie discrète, à l'image du couple d'amoureux. Maintenant, il est temps de se lancer dans un autre défi de taille.

– Marine, tu te souviens de nos discussions sur une expérience à l'étranger ?

– Bien sûr, Hugo… Dis donc, tu n'aurais pas une grande nouvelle à m'annoncer, toi ?

– Très grande même.

– Bonne ou mauvaise ?

– À toi de me le dire… J'ai eu une proposition ce matin. Que penserais-tu d'une vie londonienne ?

Le sourire de Marine s'élargit.

– Ce que j'en pense ? C'est bien simple. On part tout de suite ! J'adore cette ville. Tu jouerais pour quel club ? Arsenal ? Fulham ?

– Non, c'est Tottenham, dans le nord de la ville. Je ne serai pas le seul Français. Il y a déjà les défenseurs Younès

Kaboul et William Gallas. Lui, je le connais un peu, j'ai joué avec lui en équipe de France.

– Bravo, et banco mon chéri, lui glisse-t-elle en l'embrassant.

C'est une bonne opportunité. Depuis quelques années, Tottenham dispute le titre à deux clubs : Manchester et Liverpool. Le coach André Villas-Boas est jeune et il a fait ses preuves en gagnant la Ligue Europa avec Porto. En quelques jours, l'affaire est entendue. Hugo gère lui-même ses affaires avec son père. Quoi de mieux qu'un banquier pour régler ces histoires d'argent ? Il s'engage avec les « Spurs » pour quatre saisons.

Les deux amoureux s'installent dans une jolie maison à Barnet, une banlieue résidentielle où vivent déjà d'autres footballeurs. Si on oublie le climat, la nuit qui tombe en fin d'après-midi et la conduite à gauche difficile à intégrer, il y a tout pour être heureux dans cette aventure anglaise.

Mais tout ne se passe pas comme prévu. C'est même le scénario catastrophe. Le début de saison de Tottenham est plus que moyen. En partant de Lyon, Hugo a quitté le leader de L1 pour une équipe qui se traîne à la quatorzième place de Premier League. Et pire encore, juste après son arrivée, Brad Friedel, le gardien des Spurs, fait un match incroyable contre Norwich.

– C'est l'homme de la rencontre, déclare le coach portugais André Villas-Boas. Pour l'instant, Brad est le numéro 1 et cela continuera si ses performances restent à ce niveau.

Pas de chance pour Hugo ! Le vétéran américain fait des miracles pendant des semaines dans les cages du club londonien. Le nouvel arrivé attend d'être mis dans une réelle concurrence. Il veut jouer, quitter le banc des remplaçants ! Il a bon espoir d'être titularisé lors du prochain match contre Manchester United. La veille de la rencontre, à la fin de l'entraînement, André Villas-Boas annonce l'équipe qui jouera le lendemain.

– Number 1 : Brad Friedel..., commence le Portugais polyglotte.

Hugo ne veut pas en savoir plus. Il est furieux. Celui que tout le monde imagine calme et réfléchi rentre aux vestiaires et brise d'un coup de poing la première table qu'il rencontre sur son chemin.

– Calme-toi, Hugo.

C'est la voix rocailleuse de William Gallas. Le défenseur

a rejoint le plus vite possible son coéquipier dans les vestiaires. Il veut l'empêcher de faire des bêtises irrécupérables.

– Tu arrives dans un nouveau championnat, Hugo..., commence le défenseur. Tu dois apprendre la patience, faire tes preuves.

– Mais comment ? réplique Hugo. En ne jouant pas ? Tout le monde m'ignore au club ! Personne ne semble connaître mes qualités. Ce n'était pas la peine de me faire venir.

– Tu sais que l'on vend déjà pas mal de maillots siglés à ton nom. C'est bon signe. Il paraît que beaucoup de supporters l'offrent à leur femme.

– Je ne suis pas là pour plaire aux Anglaises, William. Je suis le capitaine de l'équipe de France, pas un mannequin !

– L'un n'empêche pas l'autre, Hugo. Ne t'inquiète pas. Et au lieu de t'énerver dans ton coin, va parler avec le coach, c'est un gars intelligent.

– Tu as raison, j'y vais tout de suite !

Le capitaine des Bleus a besoin d'être fixé sur les intentions du Portugais et il n'a pas longtemps à attendre. En sortant du vestiaire, il croise l'entraîneur portugais et ses adjoints :

– Je peux vous voir, seul à seul ?

– Ma porte est ouverte, répond André Villas-Boas, toujours calme et sympa. Viens dans mon bureau.

– Je connais très bien tes qualités, Hugo, mais cela ne fait pas tout.

– Je ne comprends pas...

– Le football est universel, mais, ici, tout va plus vite, avec une plus grande intensité. En Angleterre, les contacts sont plus rugueux, l'engagement est total, il faut que tu t'acclimates... Et puis Brad est irréprochable en ce moment, il est en train de battre le record du nombre de matchs consécutifs en Premier League. Tu voudrais que je le déloge juste parce que tu arrives ?

Hugo ne sait plus trop quoi penser. Il comprend les arguments du coach, surtout le dernier. Il admire son honnêteté, mais c'est un compétiteur jusqu'au bout des gants.

– Alors je prendrai sa place en prouvant que je suis le meilleur.

– Cela me va, Hugo.

Dans la voiture, en rentrant retrouver sa famille, le cerveau du jeune gardien se remet à bouillir. Et si les mots d'André Villas-Boas n'étaient que de belles paroles pour mieux l'endormir ? Hugo a vu trop d'injustices dans le football.

J'en ai marre, pense-t-il en garant son break. *De ce pays, de ce club, de cet entraîneur...*

Trente secondes après, il est assis dans le canapé du salon après avoir claqué la porte de la maison. Marine sent qu'il y a un problème. Elle s'approche de son mari mais n'ose pas lui parler… L'intuition féminine.

– Je craque. On va repartir en France, lâche soudain Hugo.

– Quoi ? Mais que se passe-t-il, mon chéri ?

– Il se passe que l'on se moque de moi. On me recrute avec de belles promesses, ma famille déménage et je ne sors jamais du banc ! Moi, le capitaine de l'équipe de France !

– Calme-toi, Hugo. Ça va s'arranger…

– Le coach ne remplacera jamais Brad Friedel. Tu te rends compte, il a 41 ans ! Quand il a commencé sa carrière pro, j'avais moins de 10 ans !

– Alors, sois patient, mon chéri. Tu vas vite lui prendre sa place.

– Parce que je suis plus jeune ?

– Non, parce que tu es le meilleur.

Marine a raison, comme toujours.

André Villas-Boas finit par se rendre à l'évidence. Il titularise Hugo pour garder les buts des Spurs contre les rivaux londoniens d'Arsenal. Un match de prestige, le derby des clubs du Nord de Londres ! Ça y est, il a conquis la place de numéro 1. La rencontre se déroule à l'Emirates Stadium, le repaire des Gunners est plein à craquer. Hugo n'en croit pas ses yeux, quelle ambiance ! Il joue vraiment dans un championnat unique au monde, sur la terre des créateurs du football. Il est motivé comme jamais et il glisse à Gareth Bale, le grand attaquant gallois des Spurs, qui rentre à ses côtés :

– Je compte sur toi pour marquer au moins un but ! Pour ma grande première, j'ai envie d'une victoire bien nette.

– Je vais essayer, frenchie. Tu préfères de la tête ou du pied ?

– N'importe, même des fesses, cela me va très bien.

– Tu devrais plutôt me demander à moi, dit Manu Adebayor, l'autre attaquant des Spurs. Ce serait plus efficace.

– Vous vous débrouillez entre vous, moi, je veux juste gagner, répond Hugo en souriant.

Le match commence très bien. Hugo voit bien que ses adversaires sont tendus par l'événement.

– Ils ne sont pas bien, profitez-en les gars.

Il est écouté. Après un long ballon en profondeur, Defoe frappe fort sur Szczęsny, le gardien polonais d'Arsenal. Le portier repousse sur Adebayor, en embuscade, qui conclut dans le but vide. Manu se retourne tout de suite vers son gardien avec un immense sourire sur le visage

Sacré Manu ! C'est vrai qu'il est efficace ! pense Hugo. *Une occasion, un but. J'ai de la chance d'avoir des attaquants aussi géniaux.*

Malheureusement, Manu est aussi efficace qu'ingérable. Sept minutes après son but, il est expulsé pour un tacle complètement stupide sur Cazorla.

Hugo n'en croit pas ses yeux, quelle bêtise !

– Mais non… ce n'est pas possible. À dix contre onze, on ne va jamais pouvoir résister…

Des paroles prémonitoires. Les Gunners mettent une pression de dingue et le gardien des Spurs devient l'homme du match. Il multiplie les parades, mais il ne peut pas tout faire. C'est ce qu'il hurle à ses coéquipiers, beaucoup trop mous à son goût. Ces derniers aimeraient obéir à Hugo mais ils sont étouffés, pris de vitesse, dominés dans tous les compartiments du jeu. Dix minutes après l'expulsion d'Adebayor, Mertesacker reprend d'une tête rageuse un centre de Walcott pour égaliser. Les attaques arrivent maintenant en rafale sur les buts d'Hugo. Podolski, en pivot, et Giroud font le break. Juste avant, Hugo réalise deux parades incroyables pour préserver son but et il se relève en se lamentant :

– Qu'est-ce que je peux faire de plus ?

– Rien. Tu fais des arrêts venus d'ailleurs, répond William. C'est nous qui n'y arrivons pas.

Hugo est étincelant. Ses interventions sont chirurgicales mais il est le seul à jouer à son niveau.

En seconde période, Cazorla marque encore. C'est une raclée… 4-1, quelle honte !

Et si c'était mon dernier match avec les Spurs, pense tout à coup Hugo. *Ce n'était peut-être pas une bonne idée de venir en Angleterre aussi jeune.*

Les idées noires envahissent son esprit. Le but de Gareth Bale, d'une frappe limpide, ne lui redonne pas le sourire. Surtout que Walcott marque encore dans les arrêts de jeu ! 5-2… Quel cauchemar !

Les Spurs n'ont rien pu faire contre la vitesse des hommes d'Arsène Wenger.

Sur le banc, André Villas-Boas a le visage fermé. Hugo a-t-il laissé passer sa chance ? Non, le coach le rassure dès la sortie du terrain.

– Cela aurait pu être bien pire sans tes parades. Tu nous as sauvés d'une plus grande humiliation.

Il le conserve dans l'équipe-type. Très bonne idée. En décembre, le gardien français n'encaisse que trois buts en six matchs et il est nommé pour le prix du meilleur joueur du mois.

– Tu vois, ce n'était pas la peine de t'énerver, lui lance William Gallas à la fin de la saison.

– Facile à dire quand on est titulaire indiscutable comme toi, rétorque Hugo.

– Toi aussi, tu es devenu indiscutable. Tu n'as encaissé que 34 buts avec onze clean-sheets. Onze matchs en gardant tes cages inviolées ! C'est énorme. Mais bon, rajoute-t-il en souriant à moitié, il faut dire que tu as un défenseur exceptionnel devant toi… J'accepte toutes les formes de remerciements : cadeaux, déjeuner dans un pub du centre de Londres, voyages…

Hugo en était sûr, William ne fait jamais de compliments gratuits. Mais c'est bien grâce à lui, le rookie français, que Tottenham a retrouvé sa place dans le top 4 après son début de saison catastrophique. En quelques mois, Hugo a gagné sa place et le cœur des fans. Les Anglais aiment les sportifs revanchards, les fortes personnalités. Maintenant, tout le monde l'appelle par son prénom. C'est un signe d'affection mais pas uniquement. En Angleterre, personne n'arrive à prononcer son nom de famille.

Il est heureux. Ils sont heureux.

Hugo n'est pas le seul à tenter et à réussir un immense challenge à Londres. Depuis quelques semaines, Marine a quitté son job dans les ressources humaines pour monter sa propre entreprise. Elle veut lancer sa marque de vêtements pour enfants qu'elle a baptisée « Manège en sucre ». Si tout se passe bien, cette belle aventure débutera pendant l'Euro 2016. D'ici là, madame Lloris peut compter sur le soutien indéfectible de son mari. Chacun son tour après tout !

Chapitre 19

CAPITAINE DES SPURS

La vie est décidément très belle à Londres.

En février 2014, Marine a donné naissance à une seconde fille, l'adorable Giuliana. Et depuis quelques mois, le capitaine de l'équipe de France est devenu le gardien indiscutable et un pilier du vestiaire de Tottenham.

Un nouvel entraîneur a pris les commandes du club et le feeling a tout de suite été excellent avec Hugo. Adolescent, le jeune Niçois avait apprécié les qualités de défenseur de Mauricio Pochettino quand il était joueur du PSG. Il découvre sa rigueur, son sens tactique et sa grande humanité en tant que coach.

En arrivant, l'Argentin a choisi de nommer Younès Kaboul comme capitaine. Il a longtemps hésité avec Hugo, mais le défenseur français a déjà plus de 130 matchs au compteur avec le club. C'est un ancien, une valeur sûre. Hugo sait que son tour viendra. Il est très apprécié par les autres joueurs, par les fans et par le staff. L'entraîneur argentin a été clair à ce sujet :

– En cas d'absence ou de suspension de Younès, c'est toi qui prendras le relais.

Cela ne se fait pas attendre. Hugo porte plusieurs fois le brassard pendant la saison. Dès l'été suivant, il le récupère définitivement. Bien sûr, les journalistes anglais ont ramené la légendaire discrétion du gardien français sur le tapis. Ils adorent les capitaines grandes gueules qui passent du temps sur les plateaux TV et font la « Une » des tabloïds, les journaux à scandales anglais. La discrétion médiatique d'Hugo ne les arrange pas.

Une fois de plus, il doit se justifier.

– Je ne vais pas m'inventer une personnalité. Le football a évolué. On n'a pas besoin d'être une caricature, de gueuler devant les caméras pour être un bon capitaine. Aujourd'hui, le plus important est d'être performant et exemplaire, sur et en dehors du terrain.

Et pour bien enfoncer le clou, Mauricio Pochettino clôt les débats d'une simple phrase :

– Un bon chef n'est pas celui qui parle le plus, c'est celui qui parle le mieux. Croyez-moi, quand Hugo prend la parole, tout le monde l'écoute.

Le capitaine de l'équipe de France est respecté par tous les Spurs. Dans les vestiaires, avant les matchs, il s'adresse à tous et encourage chacun à prendre plus de responsabilités :

– On se doit de respecter ses couleurs, son public, ses coéquipiers. Et de se respecter soi-même.

Et il n'oublie jamais les remplaçants :

– Vous aussi, vous avez un rôle important. Si vous êtes sur le banc, vous devez être prêts à intervenir à tout moment. Si vous êtes dans les tribunes, vous faites partie de notre équipe, vous nous portez.

Des mots prononcés avec la force tranquille de celui qui n'a pas besoin de hurler pour gagner le respect. Mais attention, Hugo peut aussi exploser contre un équipier, et Heung-min Son pourra en témoigner quelques années plus tard.

À la mi-temps d'un Tottenham-Everton, alors que

l'arbitre vient à peine de siffler la pause, Hugo se précipite vers l'attaquant sud-coréen. Il est dans une colère noire.

– Tu n'as pas le droit de laisser filer ton adversaire direct comme ça ! Tu dois nous respecter, donner tout ce que tu as pour l'équipe.

Quelques secondes plus tôt, alors qu'il ne restait qu'une poignée de secondes à jouer, Son a été à l'origine d'une grosse occasion adverse parce qu'il n'a pas fait les efforts défensifs nécessaires. Et cela met Hugo hors de lui.

– Ne me parle pas comme ça, répond vivement le Coréen.

– Je te parle comme je veux, Sonny, et tu vas m'écouter.

– Tu n'es pas mon entraîneur.

– Je suis ton capitaine et surtout ton coéquipier. On doit tous faire des efforts pour les autres. C'est la même chose pour toi, pour Harry, pour Lucas.

Serge Aurier, le solide défenseur, tente de calmer les deux hommes, mais Hugo est en feu. Il continue de crier contre le Sud-Coréen en le prenant par le col :

– Il restait une minute ! Une seule minute et on a failli

concéder un but parce que tu n'as pas fait un petit sprint pour rattraper ton adversaire !

L'embrouille commencée devant des dizaines de milliers de spectateurs et les caméras des télévisions se prolonge plus discrètement dans les vestiaires. Devant toute l'équipe, Hugo recadre fermement son attaquant, coupable d'égoïsme à ses yeux.

Mais à la fin du match, les deux hommes fêtent ensemble la victoire. C'est bien le plus important, non ?

Chapitre 20

UN EURO AU CHÂTEAU

Premier briefing de l'équipe de France. Les Bleus sont réunis à Clairefontaine pour préparer le championnat d'Europe 2016. Tous les journaux les placent au premier rang des favoris de l'épreuve.

– Ne nous enflammons pas, tempère Hugo. Un Euro à domicile, c'est juste un peu plus facile, ce n'est pas gagné d'avance !

– Hugo a raison, complète Didier Deschamps. On a tous de l'ambition. Mais les autres sélections espèrent aussi brandir la Coupe dans un mois. N'oublions jamais cela.

– Et passons les étapes les unes après les autres, rajoute le timide N'Golo Kanté, qui ne parle pas beaucoup mais toujours avec bon sens.

Après un premier stage sur la côte basque, les Bleus ont rejoint le château de Clairefontaine, en lisière de la forêt de Rambouillet. Depuis 1982, ce site magnifique est le lieu de rassemblement des équipes de France. Ici, tout est fait pour mettre les joueurs dans les meilleures conditions : terrains d'entraînement, salles de musculation et de récupération, centre médical de pointe, espaces de détente… Hugo commence à bien connaître les lieux, il a déjà 75 sélections au compteur !

Depuis leur arrivée, les Bleus passent beaucoup de temps dans la salle vidéo pour étudier le jeu de leurs futurs adversaires roumains, albanais et suisses. Le tirage a été clément. Sauf immense catastrophe, ils doivent se qualifier pour les 8es de finale. Mais attention, la France est déjà passée au travers lors de précédentes compétitions, malgré des groupes supposés faciles. Hugo n'a pas oublié la catastrophe sud-africaine.

En bon capitaine, il veille sur chacun de ses coéquipiers, surtout sur les plus jeunes comme Anthony Martial ou Kingsley Coman, le benjamin des 23 sélectionnés, qui a 10 ans de moins que lui !

Quand ils s'ennuient, les Bleus ont de quoi s'occuper !

Chaque joueur a sa spécialité. Paul Pogba est invincible au ping-pong alors que personne ne peut lutter contre Antoine Griezmann sur les consoles de jeux. Même les plus jeunes ne peuvent pas rivaliser contre lui à Football Manager et FIFA 16.

Les Bleus sont répartis dans les chambres en fonction des affinités de chacun ou de leurs habitudes de sommeil. Chacune porte le nom d'un champion du monde 1998. Par superstition, Didier Deschamps ne dort pas dans la « Didier Deschamps » mais dans la « Thierry Henry ». Côté cuisine, les Bleus sont gâtés par un cuisinier qui leur concocte des plats « aux petits oignons » mais sans frites ! Mais bon, les Français ne sont pas là pour jouer ou passer des heures à table. L'objectif numéro 1 est la victoire et ce sont les favoris de l'épreuve.

Pour ceux qui pourraient l'oublier, une grande photo est affichée dans le hall d'accueil. Elle montre une immense banderole déployée par les supporters tricolores au Stade de France :

2016 - Tous unis vers un même objectif : le titre.

Dès la première causerie, Didier Deschamps a été très clair :

– Il y a deux priorités. Gagner le premier match et finir en tête du groupe.

La compétition débute doucement. En hors-d'œuvre, Hugo et sa bande battent avec difficulté les Roumains. Premier but de Giroud, égalisation et délivrance de Payet à la 89e minute ! 2-1 au forceps. La deuxième étape n'est pas plus glorieuse. Contre les modestes Albanais, Grizou ouvre le score à la 90e minute ! Une tête décroisée sur un centre d'Adil Rami.

– Antoine, tu nous sauves la vie, lui lance le défenseur de Séville avec son petit cheveu sur la langue.

– C'est ça les Kings du foot, répond Grizou en se jetant dans ses bras. Bravo pour ton centre !

– À votre service, monseigneur.

Cinq minutes plus tard, Dimitri Payet double la mise… 2-0. C'est gagné !

Dans ses buts, Hugo a tremblé pendant tout le match. Dans ces moments-là, quand les Bleus dominent sans marquer, il aimerait courir vers le but adverse, aider ses coéquipiers à débloquer la situation. C'est difficile parfois d'être prisonnier de sa cage.

Malgré son départ poussif, la France termine première

de la poule A après un dernier match nul et sans but contre la Suisse.

La manière n'a pas été extraordinaire, mais Hugo et sa bande ont fait le job. Ils avancent vers le titre annoncé. Ils éliminent l'Irlande en huitièmes (2-1) avant d'exploser les Islandais en quarts (5-2). C'est bon signe. Ils montent en puissance. Mais en face d'eux, dans le dernier carré, ils retrouvent du lourd, du très lourd !

Chapitre 21

LES MEILLEURS ENNEMIS

7 juillet 2016.

Les Bleus ont rendez-vous avec les champions du monde en titre dans la ferveur du stade Vélodrome de Marseille. Pas vraiment une surprise, l'Allemagne dispute, pour la 6e fois consécutive depuis 2006, les demi-finales d'un tournoi majeur. Le défi est de taille pour les Bleus, et les journalistes ne sont pas tendres en conférence de presse.

– Vous avez peur de l'Allemagne, non ?

– On la respecte mais on n'a pas peur, répond calmement Hugo.

– C'est pourtant la bête noire de l'équipe de France depuis toujours…

– On les a battus en match amical, rétorque le capitaine des Bleus.

– Oui, mais elle vous a éliminés lors de la dernière Coupe du monde.

– Chaque compétition a sa vérité. La seule réalité, c'est le terrain. Demain, vous aurez vos réponses. Et nous, on en saura un peu plus sur notre potentiel.

Ce soir, la France affronte l'Allemagne. Mais il y a un match dans le match. Tous les observateurs le savent. Les gardiens allemand et français vont se livrer un duel à distance.

– Hugo, c'est ta soirée. Tu vas montrer au monde entier que tu es le meilleur gardien du monde, lui lance Paul, qui s'est invité dans la chambre de son capitaine.

– Tu es sympa, Polo. Mais en face, il y a le roi des goals. Neuer est champion du monde en titre.

– Eh bien, tu vas le détrôner ! Et on va t'aider à faire la révolution.

Manuel Neuer est le prototype du gardien moderne. Il n'hésite jamais à sortir loin de ses buts et joue presque comme un libéro. Il est aussi impressionnant sur sa ligne que redoutable aux tirs au but. Un sacré rival pour Hugo.

Bien sûr, le gardien français a livré un sans-faute depuis le début de la compétition. Mais, ce soir, le danger peut venir de partout avec les stars Thomas Müller, Toni Kroos, Mesut Özil ou encore le grand défenseur central Jérôme Boateng, redoutable sur corner.

Affronter l'Allemagne en demi-finale d'une compétition n'est jamais facile. C'est une grande nation du football. Tous les Français ont été traumatisés par les défaites des Coupes du monde 1982 et 1986. Surtout le coach français, qui ne cesse de le rappeler aux joueurs :

– Moi, je n'étais même pas né à cette époque, répond Paul très détendu. On ne va pas s'inquiéter pour ça, si ?

– On a perdu aussi en quart lors de la dernière Coupe du monde, et vous étiez tous nés, réplique Didier Deschamps. Et toi, Paul, tu étais même sur le terrain…

– Justement. On ne veut pas revivre ça. Et les séries sont toutes faites pour s'arrêter, non ?

– C'est ce que je voulais entendre. Vous allez écrire une nouvelle histoire.

Pour ce match couperet, Didier a reconduit le onze qui a brillé face à l'Islande.

Dès les premières secondes du match, le public du stade Vélodrome pousse derrière l'équipe de France avec son chant normalement dédié aux joueurs de l'OM.

– Aux aaaaaarmes… Aux aaaaaaarmes…

Nous sommes les Français,

Et nous allons gagner…

Les Bleus mettent beaucoup d'intensité et font le siège du but de Manuel Neuer. Sur chaque dribble, sur chaque duel, sur chaque ballon gagné, les fans français hurlent et réduisent au silence les 30 000 supporters allemands disséminés dans le stade.

7e minute, première occasion tricolore : Antoine frappe du pied droit à l'entrée de la surface. Manuel Neuer détourne le ballon du bout de la main gauche.

– Bien joué, Antoine, dit Blaise entre deux courses.

– Si tu m'offres des caviars comme celui-là, c'est facile, répond l'attaquant de l'Atlético de Madrid.

Mais les Allemands reprennent la main. Hugo le voit tout de suite et il demande à ses défenseurs de réagir :

– Arrêtez de reculer ! Ça va mal finir.

Les vagues blanches continuent d'affluer vers sa cage. Plein axe, Mesut Özil sert Julian Draxler sur le côté gauche de la surface française. Son centre est contré par Sagna mais pas dégagé suffisamment loin. Hugo voit le danger arriver. Le ballon va être repris par Emre Can, idéalement placé plein axe. Mais il n'a pas imaginé que la volée du milieu de la Nationalmannschaft soit aussi bizarre. La frappe est aussi manquée que capricieuse. Le ballon fuse au ras du poteau droit du gardien français. Les Allemands vont ouvrir le score, tout le monde le voit dans le stade. Mais nooooon ! Le gardien français est déjà parti de tout son long et détourne le ballon du bout des gants. L'arrêt est prodigieux.

– Bravo Hugo, crie Samuel Umtiti. Tu es un génie !

Premier coup de chaud pour la défense tricolore, et ce n'est pas fini. Bastian Schweinsteiger tente de surprendre le capitaine des Bleus d'une frappe du pied droit. Mais Hugo en a vu d'autres ! Il détourne le ballon d'une solide claquette de la main droite.

Les Français se laissent dominer. Et cela ne plaît pas du tout à Didier Deschamps.

– Qu'est-ce que vous faites ? Montez, montez, arrêtez de subir.

Il est furieux.

Les Bleus sont pressés, ballottés, obligés de défendre. Sûrs de leurs forces, les Blancs insistent. L'équipe de France doit tenir maintenant. Tenir et espérer un signe du destin après la pause, car il ne reste que quelques secondes. Dernière action, un corner pour les Bleus. Antoine s'en charge. Patrice Évra est sur le point de reprendre le ballon de la tête quand Bastian Schweinsteiger intervient d'une manière curieuse. Le capitaine de l'Allemagne semble avoir touché le ballon de la main. Volontaire ou pas ?

– Main, main, crie Didier Deschamps qui ne se pose pas de question.

Inutile de hurler à l'injustice. L'arbitre montre immédiatement le point de pénalty, à la grande fureur des Allemands.

Cela ne trouble pas Antoine, le tireur désigné de l'équipe de France. Il se concentre. Le stade Vélodrome est silencieux comme jamais. L'attaquant de l'Atlético sait qu'il a en face de lui un extraterrestre, un gardien qui aurait largement mérité le Ballon d'or. Mais Antoine, c'est Superman ce soir. Sans trembler, il ajuste Manuel Neuer d'une frappe limpide du pied gauche. 1-0 pour les Bleus !

L'arbitre renvoie tout le monde aux vestiaires. Incroyable, dominée comme jamais, la France tient pour le moment sa finale. Pour le moment.

– On se calme… Ne tuons pas la peau de l'ours avant de l'avoir vendu, dit Samuel Umtiti en ratant totalement son dicton.

– Ah ! ah ! Sam, tu es meilleur en tacle qu'en proverbe, rigole Blaise… Le bon, c'est « Ne vendons pas la peau de l'ours avant de l'avoir tué ».

– Ça y est ? Vous avez fini, les académiciens ? On peut parler de votre prestation ? lance Didier Deschamps qui a claqué la porte des vestiaires en rentrant en dernier.

Le coach n'est pas content et il le fait savoir à son groupe.

– Qu'est-ce qui se passe ? On a bien débuté, mais pourquoi reculer comme ça au bout de 15 minutes ? Ils font tout mieux que nous !

– Ils sont trop costauds en face, répond Patrice Évra, l'un des tauliers de l'équipe.

– Mais vous aussi ! Arrêtez d'avoir des complexes face aux Allemands. Vous jouez tous dans les meilleurs clubs du monde, non ?

– Ben oui, répond le défenseur un peu penaud, star de Manchester et de la Juventus de Turin.

– Et, en plus, on joue à la maison, au stade Vélodrome, devant l'un des meilleurs publics de France, reprend Didier.

– Le meilleur, précise André-Pierre Gignac, l'ancien minot joueur des Tigres du Mexique, mais éternel amoureux de l'OM.

Regard noir de Didier.

– Je connais, tu sais. Je te rappelle que j'ai soulevé le trophée de la Ligue des champions comme capitaine de l'OM en 1993.

C'est vrai ! Le coach des Bleus n'a pas besoin de cela pour avoir de l'autorité, mais quel palmarès, quelle carrière ! Il a tout gagné avec le brassard !

– On est quand même devant au score, ose Antoine pour briser le silence qui s'est instauré.

– On a eu de la chance, coupe Hugo. Le coach a raison. On n'a pas le droit de perdre nos moyens comme ça. On a une mi-temps pour montrer notre vrai visage, 45 minutes pour changer d'état d'esprit.

Les messages du coach et du capitaine ont été clairs.

Maintenant, c'est à l'équipe de jouer. Hugo sent que ses copains reviennent sur la pelouse avec une autre mentalité, plus d'envie. Il est confiant.

Les premières minutes lui donnent raison. Le public s'en mêle et entame une *Marseillaise a cappella.* Ça fonctionne, les Bleus défendent avec tout leur cœur en espérant un contre favorable. Bonne idée.

72e minute. Pogba élimine Mustafi et centre. Neuer ne peut que repousser vers Grizou. Mauvaise idée. Le feu follet glisse le ballon du pied gauche entre les jambes du gardien allemand… 2-0 !

Il reste un quart d'heure. Largement le temps de revenir au score pour les Allemands. Mais pour le moment, aucun ne trouve les solutions sur la pelouse du stade Vélodrome. Samuel Umtiti repousse toutes les attaques.

– Blaise a raison, tu es meilleur en tacle qu'en proverbe, s'amuse Hugo.

– Très drôle, capitaine, répond le grand Sam en bougonnant.

Deuxième changement pour les Bleus : Gignac remplace Giroud. Le public hurle. Les supporters marseillais adorent Dédé, l'ancien attaquant de l'OM aux gestes fous. Mais pour l'instant, ce sont les Allemands qui se mettent en évidence. Hugo est sauvé par son montant sur un tir de Kimmich. Ce ne sera pas la dernière occasion du milieu au maillot blanc. Sur un centre de Mustafi venu de la droite, il place une tête surpuissante. Hugo est resté sur sa ligne, au milieu de ses buts. Mais il a des réflexes de dingue, une souplesse de chat. Il se lance sur sa gauche en une fraction de seconde et détourne le ballon in extremis. Quel arrêt ! Ce soir, Hugo est bien le numéro 1. Grâce à lui, les Bleus n'encaissent pas de but face aux champions du monde !

L'arbitre siffle enfin la fin du match, le stade Vélodrome chavire. Les Français serrent la main de leurs adversaires avant de s'embrasser, de chanter et de hurler avec le public !

– On est en finale, on est en finale… On est, on est, on est en finale…

C'est bien, pense Hugo. *Mais il reste maintenant la dernière marche. Et ce n'est jamais la plus facile.*

Chapitre 22

UN TITRE À PORTÉE DE MAIN

10 juillet 2016.

Le titre se joue entre la France et le Portugal. Les Bleus sont favoris de leur Euro. C'est la troisième finale continentale de leur histoire et ils ont gagné les deux premières.

– Hé, Sam, jamais deux sans trois, glisse en souriant Hugo à son défenseur fan de dictons.

– Méfions-nous des proverbes et surtout de Cristiano Ronaldo, tempère Didier Deschamps. L'histoire du foot regorge de surprises. Lors de l'Euro 2004 qu'ils organisaient chez eux, les Portugais ont perdu en finale face à la Grèce alors qu'ils n'étaient pas favoris, ils étaient « archifavoris » !

La prudence du coach n'est pas partagée par tout le monde. Les fans sont persuadés que les Bleus ne peuvent pas perdre. D'abord, ils jouent à domicile, comme pour l'Euro 1984 et la Coupe du monde 1998. Et puis les Portugais n'ont plus battu l'équipe de France depuis 1975, soit 41 ans. Ils restent même sur dix défaites consécutives !

Le jour du match, les Français reçoivent des milliers de messages positifs et optimistes.

– Tous avec les Bleus ce soir ! Allez les gars ! #AllezLesBleus

Sympa ce tweet de Karim Benzema, pense Hugo. *Même écarté de l'équipe, il la soutient. C'est top !*

Il y a bien soixante millions de Français derrière les Bleus.

Le stade de France est plein à ras bord. La plupart des spectateurs portent le maillot des finalistes et chantent à gorge déployée. C'est l'heure des hymnes.

Dès le premier coup de sifflet de l'arbitre anglais, les Bleus partent à l'abordage. Les Portugais sont pressés, étouffés, proches de la rupture. On a l'impression qu'ils espèrent un coup de génie de Cristiano pour les tirer d'affaire. C'est un pari risqué. Au bout de quelques minutes, CR7 s'effondre sur un duel avec Dimitri Payet, près de la ligne de touche. Il est touché au genou gauche, l'attaquant du Real se tord de douleur. Plus de peur que de mal, il reprend sa place. Dimitri essaie de s'excuser mais Cristiano ne lui lance pas un regard. Il est furieux ou il a peur… Il est furieux ET il a peur.

Dimitri n'a pas l'air trop perturbé. Une poignée de secondes plus tard, il file sur la gauche et adresse un centre parfait vers Antoine, libre de tout marquage. Avec son regard laser, Grizou voit le gardien portugais avancer. Sa tête lobée prend le chemin des filets. La France va ouvrir le score. Non… Rui Patrício sauve son équipe d'une superbe claquette !

Hugo est à plus de 100 mètres de l'action, mais il apprécie ce geste de classe du gardien adverse.

La moitié du stade s'est levée pendant l'action.

– Bien joué Tonio, la prochaine est dedans, crie Didier qui s'est levé comme un fou de son banc.

Tout à coup, le match bascule.

Cristianoooooo, nooooooooon !

Les supporters portugais sont désespérés. Leur star adorée s'est à nouveau écroulée, en pleurs. Les soigneurs strappent le genou douloureux et Cristiano reste sur le terrain. Mais l'espoir ne dure que quelques minutes, l'atout n°1 des Portugais ne peut plus accélérer. Il est évacué sur une civière sous une ovation du public. Quaresma entre en jeu à sa place, bien que CR7 soit irremplaçable. Quelle tuile pour les Portugais…

Cette sortie sur blessure du multiple Ballon d'or ne plaît pas à Hugo. Il sait très bien que Dimitri n'a pas fait exprès, mais il est quand même gêné. Il aime gagner dans les règles, pas face à une équipe diminuée.

Pour l'instant, le gardien français passe une soirée très tranquille. Après 30 minutes de jeu, les Portugais n'ont frappé que deux fois au but. Les Bleus sont plus pressants. Surtout Moussa Sissoko, leur géant du milieu de terrain. Le chouchou de Didier Deschamps fait son meilleur match avec les Tricolores.

– On dirait que c'est ton soir, lui lance Grizou avec un grand sourire.

Il a raison, Moussa est en feu. Il élimine Adrien Silva

d'un petit pont puis enchaîne avec une frappe du droit. Rui Patrício est à la parade, une nouvelle fois.

Les Portugais souffrent mais ils ne lâchent rien, ils ont l'habitude. Leur défense n'a pris qu'un but depuis le début de la compétition. Le scénario de la seconde période est exactement le même que celui des 45 premières minutes. Une photocopie ! Les joueurs de Didier Deschamps dominent leurs adversaires de la tête et des épaules mais ils n'arrivent pas à concrétiser. Rentré à la place de Dimitri, Kingsley Coman espère faire basculer le match.

– On compte tous sur toi, lui lance Didier Deschamps en l'envoyant s'échauffer.

Il a raison.

Ce gamin est insaisissable. Il fait des différences incroyables sur un seul coup de reins. Une poignée de secondes après son entrée, il centre de la gauche vers Grizou. L'attaquant français prend le meilleur sur Guerreiro et reprend de la tête aux 6 mètres. Le public hurle, c'est le but de la victoire ! Non... le ballon passe juste au-dessus !

Côté portugais, on n'a plus trop de solution. Le coach

fait même rentrer Éder, un attaquant. Pas de quoi faire trembler les Bleus. On le connaît bien en France, quand il n'est pas remplaçant, il joue à la pointe de l'attaque de Lille. Et ses prestations n'ont jamais convaincu les supporters des Dogues. Trop lent, trop de contrôles ratés, trop de déchets techniques ! Même les fans du Portugal se demandent parfois ce qu'il fait en sélection.

Et pourtant, contre toute attente, son entrée réveille les Rouges. Le n°9 gêne terriblement les Bleus et obtient des coups francs bien placés !

Coup sur coup, Hugo doit repousser un centre-tir de Nani depuis le côté droit, avant de bloquer une reprise acrobatique de Quaresma du droit ! Le Portugal a attendu la 80e minute pour cadrer son premier tir de la partie. Les Bleus doivent vite réagir et marquer avant une éventuelle prolongation. On est dans le temps additionnel, le moment idéal pour marquer. Dédé Gignac efface Pepe d'un crochet au premier poteau, avant de tirer du droit. Rui Patrício est battu, la France est championne d'Europe ? Non… le ballon échoue sur le poteau.

– Mais ce n'est pas vrai, on est maudits, crie Patrice Évra.

– Continuez les gars, ça va finir par passer, hurle tout de suite Hugo.

Le doute ne doit pas s'installer.

Trop tard, l'arbitre siffle la fin du temps réglementaire. Il y a prolongation et tout peut encore arriver. Les Portugais ont retrouvé de la force, c'est à leur tour de presser les Français. Sur le côté du terrain, Cristiano n'arrête pas de sauter, de crier, d'encourager ses coéquipiers. C'est lui le patron de la sélection portugaise. Il est l'homme du match, même s'il ne joue pas !

Hugo fait des miracles, mais ce coup franc de Raphaël Guerreiro lui fait peur.

– Arrêtez de leur offrir toutes ces occasions, hurle Hugo à ses défenseurs.

Le Portugais s'élance et frappe avec puissance. Le ballon passe le mur et vient s'écraser sur l'arête de la transversale. Quelle occasion ! Pour protéger ses buts, Hugo s'est envolé vers la lucarne avant de retomber lourdement dans ses filets.

Il se relève avec difficulté. Est-il blessé ? Les spectateurs français sont inquiets. Ce n'est pas le moment, Éder rend fous les défenseurs français avec son incroyable puissance.

On approche de la 109e minute et l'attaquant fait un rush vers les buts d'Hugo. Koscielny veut le déséquilibrer mais il résiste à sa charge.

– Mais enfin, arrêtez-le ! crie le gardien français.

Hugo n'est pas vraiment inquiet, Éder est encore loin et il reste l'immense Samuel à passer. Mais le numéro 9 des Rouges déclenche une frappe soudaine. Hugo ne s'y attendait pas.

Je vais l'avoir, pense-t-il en plongeant sur son côté droit.

Pas du tout… Le ballon rebondit juste avant la ligne de but, Hugo est trop court !

Buuuuuuuuuuuuuuuuuuuuuuuuuuuuuuuuuuttttt !

Sur le banc des Portugais, Cristiano Ronaldo est passé des larmes au rire et du rire aux larmes. L'émotion est forte !

Les Bleus sont abasourdis, abattus, déprimés. Il ne reste qu'une dizaine de minutes à jouer.

– Tu t'es blessé, Hugo ? lance Samuel.

– On s'en fout. Il faut marquer maintenant !

Le score ne changera pas. Éder est le nouveau héros

de la nation portugaise. Et le capitaine, Cristiano Ronaldo, soulève le premier trophée majeur de son pays.

Hugo est terriblement déçu. Il a encore perdu une finale. Mais il n'oublie pas son rôle de capitaine. Il regroupe ses équipiers autour de lui pour former un cercle.

– On est tous tristes et déçus mais on peut être fiers de notre parcours. Maintenant, on a deux ans pour préparer et gagner la Coupe du monde en Russie. On doit bien cela à nos supporters.

Chapitre 23

LA CAMPAGNE DE RUSSIE

Juin 2018.

Depuis le début de la Coupe du monde en Russie, les Bleus ont fait un sans-faute. La bande d'Hugo, d'Antoine, de Kylian et de Paul a commencé doucement en poule contre l'Australie, le Pérou et le Danemark. Rien de très notable, à l'exception de la 100e sélection d'Hugo fêtée face aux Sud-Américains. 100 sélections ! Aucun gardien des Bleus n'a jamais atteint ce total, même Fabien Barthez en est loin. La légende de la Coupe du monde 98 s'est arrêtée à 87 sélections.

En 8es de finale, les Bleus réalisent l'exploit : ils éliminent les Argentins, finalistes de la dernière édition et deux fois vainqueurs du trophée. Ce n'est pas rien. Ce jour-là, le talent de Kylian explose en mondovision.

– Un nouveau Pelé est né, hurlent les journalistes dans leurs micros.

Dans les vestiaires, après le match, Hugo a envie de parler au gamin de Bondy comme à un petit frère. Accompagner les plus jeunes, cela fait aussi partie de son rôle de capitaine. Il s'approche du jeune attaquant, assis près de son casier, ses protège-tibias jetés sur le béton.

– Tu es un vrai phénomène, Kylian.

– Merci Hugo, venant de toi ça me fait plaisir.

– Mais attention de bien garder la tête froide. Tu es jeune. Ta carrière doit se construire pas à pas.

– Cela devrait aller, non ? répond Kylian en riant. Ça commence plutôt pas mal.

Hugo sent que son coéquipier ne mesure pas le danger. Mais il a une petite arme en poche.

– Dis-moi, Kylian… tu connais Norman Whiteside ?

– Qui ?

– Norman Whiteside.

– C'est un rappeur ?

– Non, un footballeur.

– Jamais entendu parler.

– C'est le plus jeune joueur à avoir participé à la Coupe

du monde. Il avait 17 ans au Mondial 1982 en Espagne. Et il n'est pas rentré dans les arrêts de jeu. Il a participé à cinq matchs !

– Il jouait pour quel pays ?

– L'Irlande. Tu vois, il a battu le record de jeunesse d'un certain Pelé et pourtant tout le monde l'a oublié. Il n'est pas resté au sommet. Enfin, tout cela pour dire qu'une carrière, c'est très long.

– Compris, Hugo. Je vais essayer d'avancer pas à pas et de ne pas m'enflammer.

– Je ne suis pas inquiet. Tu as l'air d'avoir la tête sur les épaules.

Le match face à l'Uruguay est moins flamboyant. Les Bleus arrivent à passer devant en fin de première période grâce à une tête décroisée de Varane, mais ils ne montrent pas grand-chose.

Hugo n'en croit pas ses yeux !

– On joue un quart de finale de la Coupe du monde quand même. C'est maintenant ou jamais !

Les Uruguayens en profitent. Sur un coup franc lointain tiré par Torreira, Martín Cáceres s'élève plus haut que tout le monde et frappe le ballon de la tête. Cela semble imparable mais Hugo a un réflexe de super-héros. Il part à l'horizontale et repousse le ballon d'une main ferme. Premier exploit ! Mais ce n'est pas tout, il se relève à une vitesse folle pour plonger dans les pieds de Godín et l'empêcher de marquer. Deuxième exploit ! C'est le tournant du match.

Grâce à leur gardien, les Bleus l'ont échappé belle. Une égalisation avant la mi-temps aurait complètement changé le scénario du match.

Didier Deschamps rassure tout le monde à la pause.

– C'est pas mal, les gars. Raphaël nous a mis sur la bonne voie et Hugo a réalisé l'exploit. Maintenant, il faut résister et marquer une fois de plus pour être tranquille !

– Passez-moi le ballon, je m'en occupe, lance Kylian, encore sur son nuage du match contre l'Argentine.

– Ou à moi, rigole Benjamin Pavard, auteur d'un but irréel contre Messi et sa bande. J'ai envie de remettre une demi-volée de l'extérieur du pied droit… Vous savez, ma petite spécialité !

Ce n'est ni Kylian, ni Benjamin mais Grizou qui trouve la faille. Il décoche un tir de l'extérieur de la surface et

Muslera, le gardien urugayen, se loupe complètement. Le ballon ricoche sur ses gants et rentre dans les buts !

– Tu nous as fait une frappe d'Olive et Tom, s'amuse Paul en serrant son coéquipier dans ses bras.

La Celeste est matée. Durant la conférence, les journalistes insistent tous sur la parade exceptionnelle du capitaine français. Mais Hugo reste calme et ne s'enflamme pas.

– La parade ? Vous savez, l'important c'est surtout de se relever très vite pour éviter de donner une deuxième chance à bout portant. Mais je ne vais pas me la raconter, chacun joue son rôle dans cette équipe de France.

Quand on est humble, on est humble jusqu'au bout !

En demi-finale, à Saint-Pétersbourg, les Bleus se qualifient de justesse face aux voisins belges. Sam Umtiti délivre soixante-cinq millions de Français d'un coup de tête magique. Il faut aussi féliciter Hugo qui fait des miracles dans sa cage. Coup sur coup, il détourne une frappe d'Alderweireld qui file en lucarne et repousse un missile de Witsel. Il crève l'écran et rassure ses partenaires. Grâce à lui, les Français vont jouer leur troisième finale de Coupe du monde depuis 1998. Qui dit mieux ? Personne. Mais ce n'est pas suffisant, il faut la gagner !

– Tu vas voir ce que cela fait de brandir la Coupe du monde en tant que capitaine, lui dit Didier Deschamps.

– J'espère, coach, je suis un peu maudit en finale, vous savez ! répond Hugo, un peu hésitant.

– Crois-moi, dans deux heures tu vas vivre le moment le plus incroyable de ta vie.

Il connaît ça, Didier. En 1998, c'est lui qui a montré en premier le trophée au public du Stade de France.

Hugo s'en souvient. Il avait 12 ans. Il regardait chaque geste, chaque arrêt, chaque plongeon de Fabien Barthez. Il voulait être à sa place, sauver, lui aussi, la France face au Brésilien, Ronaldo. Maintenant, c'est à lui de faire peur aux stars croates.

Chapitre 24

FINALE DE LA LIGUE DES CHAMPIONS

1er juin 2019.

Hugo est une nouvelle fois en finale après son titre de champion du monde. Enfin, il a brisé la malédiction. Cette fois-ci, c'est le trophée de la Ligue des champions qui l'attend.

Tottenham retrouve Liverpool, une vieille connaissance de la Premier League. Ça ne sera pas facile, les Reds sont largement favoris, et les Spurs ont déjà perdu en finale l'année dernière contre le Real Madrid. Mais ils y croient.

– Quand on joue tous ensemble, on peut battre n'importe qui ! aime dire Hugo.

Sous la baguette de l'entraîneur argentin Mauricio

Pochettino, les Spurs ont fait une campagne de qualification incroyable, une épopée.

En demi-finale, Hugo et sa bande étaient menés 2-0 à la pause sur le terrain de l'Ajax d'Amsterdam avant que l'attaquant brésilien Lucas ne réussisse un triplé historique pour arracher la qualification à la 96e minute. Un troisième but venu d'ailleurs sur la dernière action. Une incroyable remontada !

– Si on adopte la même mentalité de winner qu'en demi, le trophée prendra le chemin de Londres, tonne Hugo dans le vestiaire à quelques jours de la rencontre. Prenons tous exemple sur Lucas.

– Tu nous as sauvés tellement de fois, Hugo..., répond le gentil attaquant brésilien. Et puis, c'est mon boulot d'attaquant de marquer des buts.

– Eh bien, continue à faire ton job aussi bien, conclut le capitaine des Spurs en souriant.

Avant le coup d'envoi de la finale, les Londoniens sont quand même inquiets dans le vestiaire de l'Estadio Metropolitano de Madrid.

Avec Salah et Mané, les Reds alignent une attaque

de feu ! Avant le match, certains Spurs commencent à s'inquiéter…

– Vous savez que depuis vingt ans, aucun club n'a gagné la Ligue des champions lors de sa première finale ? soupire Harry Winks du haut de ses 25 ans.

En bon capitaine, Hugo prend la parole pour faire baisser la pression et motiver ses troupes :

– Eh bien, on sera les premiers, c'est tout. Tout problème a une solution simple. Que ce soit clair. Personne n'arrive en finale de la Ligue des champions par hasard. Vous avez un talent extraordinaire, ayez confiance en vous…

– Hugo a raison, on n'a rien à perdre, coupe le grand Moussa Sissoko, son complice de l'équipe de France.

– On a même tout à gagner ! poursuit Hugo. On va aller le chercher ce titre, tous ensemble. Si nous ne croyons pas en nous, qui le fera ?

Autour de lui, Hugo sent ses partenaires s'apaiser. Maintenant, ils sont prêts pour le combat.

Mais le scénario du match est invraisemblable. À la 30e seconde, l'arbitre siffle une main de Moussa Sissoko. La décision est très discutable.

– Mais, monsieur l'arbitre, le ballon rebondit sur son torse et sur sa main…, plaide Hugo, en première ligne. Vous êtes trop sévère.

Pas facile de garder son calme. Mais il a trop d'expérience pour s'énerver et prendre un carton jaune, ou pire. La décision est prise. L'attaquant égyptien, Mohamed Salah, se retrouve face à lui au point de pénalty.

Je dois sortir ce ballon, pour l'équipe et pour Moussa ! se dit Hugo en dansant sur sa ligne.

Plus facile à dire qu'à faire. La frappe de l'Égyptien est pure. Hugo n'est pas loin, mais pas loin, cela n'a jamais suffi. Le ballon frappe les filets…

– On doit revenir, et vite, dit Hugo à ses coéquipiers.

Tottenham se lance à l'attaque, mais ses attaquants sont trop inefficaces dans le dernier geste. Aucune frappe cadrée en première période. Après la mi-temps, les supporters des Spurs poussent. Kane, Alli, Lucas assiègent les cages des Reds.

Mais trop de monde à l'attaque, c'est ouvrir la porte aux contre-attaques… Origi récupère la balle dans la surface et frappe du gauche dans le petit filet opposé ! Hugo est impuissant… Le match est terminé. Liverpool s'offre une

6e Ligue des champions, quatorze ans après sa victoire face à l'AC Milan !

Quand les Reds soulèvent la Coupe aux grandes oreilles, le chant des supporters de Liverpool s'élève des tribunes. C'est le légendaire *You'll Never Walk Alone.*

Hugo a les larmes aux yeux, il a encore perdu une finale.

Seule consolation, Marine vient le prendre dans ses bras.

– Tu auras encore des chances de gagner la Ligue des champions, Hugo, lui murmure doucement sa femme. Et puis tu sais, aucun des joueurs de Liverpool n'est champion du monde comme toi.

Elle a raison… comme d'habitude.

TABLE DES MATIÈRES

LLORIS

1

Nom : Hugo Lloris

Date de naissance : 26 décembre 1986

Âge : 34 ans

Lieu de naissance : Nice

Nationalité : française

Poste : gardien de but

Club actuel : Tottenham Hotspur

Taille (cm) :	**188**
Apparitions en club :	**745**
Trophées en club :	**2**
Sélections :	**120**
Trophées internationaux :	**1**
Ballon d'or :	**0**

★ ★ ★ **Score de superstar : 89** ★ ★ ★

Nice

- Finaliste de la Coupe de la ligue : 2006

Lyon

- Trophée des champions : 2012
- Coupe de France : 2012
- Finaliste de la Coupe de la ligue : 2012

Tottenham

- Finaliste de la Coupe de la ligue : 2015
- Finaliste de la Ligue des champions : 2019

France

- Finaliste du championnat d'Europe : 2016
- Coupe du monde : 2018

Individuel

- Meilleur gardien du Tournoi de Toulon : 2006
- Meilleur joueur de l'année 2012 de l'équipe de France
- Étoile d'or France Football des gardiens : 2008, 2010, 2011
- Gardien de Ligue 1 aux trophées UNFP : 2009, 2010, 2012

LES GRANDS MOMENTS

Tu veux revivre les plus grands moments de la carrière d'Hugo Lloris ? Revoir ses plus beaux arrêts ? Cherche sur internet des extraits vidéo de ces matchs : tu vas en prendre plein la vue !

16 MARS 2011
REAL MADRID 3-0 OLYMPIQUE LYONNAIS

Après avoir obtenu le nul à domicile, les Lyonnais sombrent dans l'antre du Real Madrid, mais, comme à son habitude, Hugo se sera battu jusqu'au bout. Suite à un crochet intérieur, Ronaldo expédie un boulet de canon en direction du but d'Hugo qui réalise une parade exceptionnelle.

22 OCTOBRE 2017
TOTTENHAM 4-0 LIVERPOOL

Lors de la saison 2017-2018, les deux équipes sont au coude à coude en tête du classement et c'est Tottenham qui remporte le duel 4-0 ! Hugo n'est pas en reste : sur une passe en retrait de Mohamed Salah, Coutinho frappe, mais le gardien français est sur la trajectoire et parvient à dévier le ballon sur le poteau.

7 JUILLET 2016
FRANCE 2-0 ALLEMAGNE

Lors de la demi-finale de l'Euro 2016, la France rencontre l'ogre allemand. Les Bleus mènent à quelques minutes de la fin lorsque, sur un centre parfaitement ajusté, Kimmich catapulte un ballon de la tête en direction des buts d'Hugo qui se détend de tout son long et réalise un arrêt de classe internationale.

16 JUIN 2018
FRANCE 2-1 AUSTRALIE

Lors de la phase de groupe de la Coupe du monde 2018, les Bleus rencontrent l'Australie. À la seizième minute de jeu, sur coup franc, Mooy frappe puissamment en direction du but. Le ballon est dévié juste devant Hugo qui, grâce à un incroyable réflexe, parvient à éviter le pire !

11 OCTOBRE 2018
FRANCE 2-2 ISLANDE

Quelques mois après le titre de champion du monde, l'équipe de France affronte l'Islande en match amical. Sur un corner venu de la gauche, Hugo réalise une première parade magistrale sur la tête de Traustason, puis une deuxième, puis une troisième, et une quatrième à bout portant !

JOUE COMME TON HÉROS

LE PLONGEON D'HUGO

Tu veux un exemple ? Rends-toi sur YouTube et tape dans la barre de recherche « Meilleurs arrêts d'Hugo Lloris » : tu devrais trouver plusieurs vidéos inspirantes. Tu as voir, c'est impressionnant !

1 : Soit bien attentif au jeu qui se déroule devant toi.

2 : Lorsque le danger arrive à proximité de ton but, stabilise bien tes appuis et sois prêt à bondir à la première occasion !

3 : Quand l'attaquant adverse frappe, observe la trajectoire du ballon.

4 : Plonge du bon côté et détends-toi le plus possible. Allonge ton bras et ta main pour dévier le ballon.

5 : Une fois l'arrêt réalisé, relève-toi et encourage ta défense pour qu'ils empêchent l'attaquant de tirer la prochaine fois !

6 : Réajuste tes gants et tiens-toi prêt, le match n'est pas terminé.

TESTE TES CONNAISSANCES

1. Quel est le nom du premier club d'Hugo ?

2. En 1998, Hugo rencontre celle qui deviendra sa femme, comment s'appelle-t-elle ?

3. Avec quelle équipe Hugo remporte-t-il la même année le championnat de France des moins de 18 ans ?

4. En quelle année Hugo remporte-t-il le championnat d'Europe avec les Bleuets ?

5. Quel est l'adversaire d'Hugo pour son premier match pro avec l'OGC Nice ?

6. En 2008, Hugo signe pour cinq ans dans un des plus grands clubs français, lequel ?

7. Quelle équipe Hugo affronte-t-il pour son premier match en équipe de France ?

8. En 2010, quel épisode resté célèbre symbolise le fiasco français lors de la Coupe du monde en Afrique du Sud ?

9. En 2012, Hugo quitte le championnat de France pour rejoindre quelle équipe ?

10. Le 10 juillet 2016, quel est l'adversaire des Bleus en finale du championnat d'Europe ?

11. Quel titre majeur Hugo a-t-il remporté avec l'équipe de France ?

12. En 2019, Tottenham réalise un exploit en demi-finale de la Ligue des champions, quel est leur adversaire ?

Réponses ci-dessous... Ne triche pas !

1. Le CEDAC Cimiez ; 2. Marine ; 3. L'OGC Nice ; 4. 2005 ; 5. La Berrichonne de Châteauroux ; 6. L'Olympique lyonnais ; 7. L'Uruguay ; 8. L'affaire du bus de Knysna ; 9. Tottenham ; 10. Le Portugal ; 11. La Coupe du monde 2018 ; 12. L'Ajax d'Amsterdam.

Composition : Nord Compo
Suivi éditorial : Stéphanie Go
Impression : Black Print en mai 2021
Éditions Albin Michel
22, rue Huyguens, 75014 Paris
www.albin-michel.fr
ISBN : 978-2-226-46103-2
N° d'édition : 24457/01
Dépôt légal : juin 2021
Loi n° 49-956 du 16 juillet 1949
sur les publications destinées à la jeunesse.
Imprimé en Espagne